梅爾詩選

竹内 新 訳

中国現代詩人シリーズ3
監修＝田 原

思潮社

梅爾詩選

竹内新訳

中国現代詩人シリーズ3

思潮社

目次

IV

V

装幀＝思潮社装幀室

梅爾詩選

桜とデート　それを楽しみに

私が貴州〈十二後方〉のコテージに駆けつけて、典型的な日本風の髭を生やし、温厚な学者の風貌をした竹内新先生にお会いし、テーブルに広げられた私の詩の翻訳ノート、疑問点を明示した箇所、そしてかねてからの知り合いのような、平仮名の並べられた日本語の詩句を目にしたとき、私は突然身近なつながりを感じ、訳者の仕事に対して粛然と敬意の念が湧き起こって、先生の堅実な、きちんと整理された翻訳ノートを収蔵したいというお願いを申し出て……

どうやら、ここに至って、私のまだ行ったことのない日本が、また別の形式で生活に入ることになりそうだ。これは私がロシア語、ペルシャ語、モンゴル語など九つの言葉で、それぞれ別々の国で継続的に出版してきて、第十冊目の外国語詩集ということにもなる。

詩歌と私は、まるで心と心臓のようなものだ。私が詩歌から遥かに離れていても、また日々の忙しない仕事が、私をどんなに疲れさせ心身ともに耐え切れなくさせても、星の光と言葉はいつだって私を修復することができる。心が心臓に戻るとき、私と詩歌も石の陰で涙とともに巡り会うのだ。

人が如何にそれなりの努力を積み重ね、カメラのフラッシュのもとでそれなりの栄誉を得たとしても、私たちが仮面を外し、紅おしろいを洗い流し、衣服を脱げば、粉々に砕け散った笑顔、妥協そして抗いを発見するに違いない。それはこの俗世にあって他人がどうこうしたり割り込んだりできるものではなく、ただ一つ丸ごとの人格を体現できるもの、私にとってはまさしく世俗を超越する詩歌であり、それは私の精神の故里なのだ。

もちろん、そこには私の夢想、愛、やるせなさと涙が記述され、駆け回った草原、森林、川と星空も書かれている。読者はそこで豹にまたがることができ、彼岸花を手に取ることができ、億年の時間を用いて蝶を折りたたむことができ、川の流れてゆくのを忘れさえすれば、もう一度復活して、赤ちゃんのような笑みを浮かべることが……

私はこんなにも私の〈十二後方〉に肩入れしている。この詩集を今も変わらずに『十二後方』と言う理由は、それが私にとっては、単に洞窟内蔵の林を含む六百平方キロに及ぶ山水（そのうち私が書いた双河鍾乳洞はアジア一長い洞窟だ）だというだけでなく、更に言えば北緯三十度で唯一原始の森林を完璧に保存している神秘の場所だからだ。ちょうどネルーダにとってのマチュピチュと同じように、〈十二後方〉も詩歌という地理の神聖な座標となり得る……十二に区分した星の配置、十二の干支、十二ヶ月、十二使徒などなど、一つとして、その意味を取り込むことのできないものはない。中国の文字のうち、「十二」は合わせると「王」という文字になり、だから、地中深く、詩歌の王はすでに七億年私たちを待っていた……

田原さんの尽力に感謝します。私の翻訳者を推薦して下さり、また日本の著名な出版社に作品を推薦して下さり、有難うございました。竹内新先生並びに思潮社の各担当の皆さん有難うございます。無為に過ごしてしまった花のような麗しの歳月よ、有難う。まさしく二十年の間筆を擱いていたから、今ようやく詩歌に対する少女のような感情の高ぶりがもたらされたのだ……まさに桜の花が間もなく満開になろうとしています。できるだけ早く詩集が日本の読者に対面できるよう心待ちにしています。それは桜の花とのデートとなります。皆さんが中国にいらっしゃるのも心待ちにしています。〈十二後方〉で待っています。

二〇一八年三月十八日　北京

I

荒涼とした出会い――マチュピチュ

一

何者が私のみぞおちを踏みつけて痛みをもたらしているのだろう
私はおまえの上の玉座に座って
国の滅亡の物語を読んでいる

口の閉じられた石は鉄と同じように重々しい
その昔に振り上げられたハンマーが
クスコの虚空を叩いている
黄金は不死だといっても　それは
おまえの存続と引き換えられるものではかった
王は油絵のなかに戦々恐々として座し
ヨーロッパの鎧兜、邪悪な馬と向き合っている

クスコの笛の音には悲しみが流れている
おまえは侵略と野蛮のなかにある文明を解読できず
太陽神は一撃に耐えられないのだった
苦難はまだ始まったばかりだった

二

リャマに背負われた民族は優しかった
優しさの背負う苦しみは
コカの葉から汁を滴らせ
高地の歌は天と同じく深く青くて果てしない
私は練兵場で馬に鞭を当てるが
この東方の女はどうすれば　豪胆によって
おまえを滅亡から救い出す空想ができるというのだろう

三

歌声が届けられた山上
そこがマチュピチュ

おまえのズボンの縦の縫い目には酒がたっぷり注がれた
土石が四周を流れて大型の芝居を演じてきた
数え切れない歳月がここで交替してきた

名を長く後世に伝える石は夜になると踊り
おまえは千の妃を引き連れ
山々と対面して大喜び
マチュピチュ！

石から荒涼の血が流れ出て
クスコの礼拝堂の鐘の音は止まった
太陽の上方で
月は山羊の蹄に踏まれて胸を痛めた

おまえの痛みに触れると　私は
貞節を失った巫女のように　涙がこぼれる

四

いま私は冷静に一面の雪に向き合える
雪はしきりに舞い乱れ
国を滅ぼした剣をおおい隠そうとしている

雑草が空いっぱいに伸び
クスコはますます太陽に近いところで
大雪に喉を塞がれている

五

礼拝堂を壊した　おお　違う　神殿を壊したのだ
高原全体を壊すことが可能だった　優位を誇る心は
石を打ち合って起こした火を壊し　希薄な
空気を破壊した

つながり響き合う永遠の伝奇
石の内部には　陰と陽　臍と臍穴
短時間では壊しおおせない長年月が経過している

六

おまえのみぞおちから火をつかみ出した
アンデス山脈の首筋を上って来た
その沈黙の頭蓋骨は鷹を何羽も養ってきた
その鷹も腐乱してしまえば
その孤独な密なる依存は結末を迎えるのだった

神秘のウルバンバ河
その湧き返る激情はどのように山巓に到達したのだろう
そこではかつて太平が謳歌された
山脈は星空を仰ぎ見る大きな顔
日時計石が梁ごとに掛かっている
みっつの窓
太陽　月　女

聖地を詣でる心の一つ一つを受け取って
土ボコリの高度が増した

マチュピチュ
おまえはもう燃える太陽に一人では向き合えない
おまえは驚き騒ぐ魂によって
ますます神から遠ざかる

七

インカ古道沿いに汽車と競争する子供は
インカの血筋の不屈の根
蒼ざめた空間に　強固な時間
ネルーダ[*1]の馬に
ハイラム・ビンガム[*2]のハンマー

石の前では一切が
朽ちる砂

みっつの窓
時間　空間　アルパカ

八

アンデス山脈
黒い汽車の黒い顔
黒い熱帯雨林が取り囲む真っ白なきらめき
真っ白な心臓
アンデス
おまえは峡谷をひとつ
湧き返る谷川をひとつ
その場所に嵌め込んだ
おまえにはザラザラの鏡が垂直に立てかけてあり
それから　まるまる四〇〇年
おまえは賑やかな雨音を隠し通し
山々にそれを忘れさせた

おまえは時間を取り仕切ることはできない
時間は一切の完成の手助けをする
また全てを壊し去ってしまう

九

パチャクテク　インカ最後の王は
人々が　歴史の燃え残りのなかで
恥辱と輝きの斑を石の上に探し出すと予見した
文字の秘密は狭い谷間に潜み
亡国の血は
石のパンに塗られた

女は　その山河を養う供物であり
マチュピチュに祀られ
虚構の太陽に捧げられたのだった

十

真に引き換え可能なものは何もなかった
黄金　神殿　礼拝堂
時間　空間　宇宙
子羊　女　天使

マチュピチュ
おまえの目は　クスコが日増しに賑わい
月並みの大同世界に陥るのを見ていた
おまえは高山の頂の沈黙を用いることができただけだ
孤独　荒涼　廃墟　それらを用いて
敬虔な祈りのために
ありもしない話を作り上げた

十一

そうだ　私の傷口を切り開け
インカ帝国の傷口を切り開け
ペルーの傷口を　南アメリカの傷口を切り開け
世界の傷口を！

頭のなかに記載されていない殺戮を切り開け
土ぼこり舞う砂漠のなかのむせび泣きを切り開け
切り開け　血の滴り落ちる心を

切り開け　夜の石の傷の痛みを！
酸素の希薄な土地を切り開け
酸素の希薄な種子に
遺伝子組み換えの種子はない
傷口のなかで
きっとゆっくり成長するのだ

十二

涅槃はない
一年の最後の一ヶ月
北半球の厳冬期に
おまえは勇壮盛大な夏に入る

この荒涼のなかの巡り会い　竹をきめ細かく編み
針できめ細かく縫って
私の瞼にし　睫毛にすれば
開けたり閉じたりするうちに

世界は閉じてゆく
有為転変の激しいおまえの頰に　私の今生の
震える指紋を残そう

二〇一四年十一月十七日　ロサンゼルス

＊1　ネルーダ＝一九〇四～一九七三年。チリの詩人、外交官、政治家。外交官としてスペインに赴任した折、詩人グループから詩誌「詩のための緑の馬」の編集を委託される。代表作に「マチュピチュの高み」、「女のからだ」などがある。
＊2　ハイラム・ビンガム＝一八七五～一九五六年。アメリカの探検家・政治家。一九一一年、ペルーのマチュピチュ遺跡を見つける。

双河鍾乳洞

私はあなたに秘密を残らず告げることはできません
私の秘密はまだ成長しています――前置

一

海水が再び満ちてきて
すべての湧き返る欲望を
舌の先から心の奥深くにまで引き連れてきたから
生物たちは逃れ出る方法がありませんでした
どうか大地よ　昆虫　魚類だけでなく
パンダとサイも含め
それら英雄の死骸を収容して下さい
七億年後　人間はきっとそれらの化石を探し当て
それが神であるかのように尊ぶでしょう

私の　次々に襲ってくる苦しみと
秒針のように鋭敏な愉悦は忘れましょう

私の内部では秘密がつながり始め
七億年前の烽火が次から次へと伝えられ
私は伝奇のように
生き続けています

二

私は火炎を呑んだり吐いたりして
裂けて崩れ落ちる経験も経てきました
腸が千切れるほどの痛みに向けて水がなみなみと注がれました

それは私の深く澄み切った血液です
傷口はもう癒合しません
あたり一面の石の花は　成長しています
カルシウム化する大小の池は
あなたの棚田です

あなたの歳月のなかで　彼女たちは一様に花を咲かせ実を結びます
あなたの温もりは彼女にとっては陽当たりであり
あなたの眼差しは　七億年のトンネルを通り抜けて
彼女の身体に注がれ　そこには深い情愛があふれます

三

石は忘れ去られています
石のなかには別の石が生えました
石は己のものとは別の流儀で己を放棄しました
石は　己の透きとおって美しい花びらを満開にします

石は　時には見た目のことを忘れてしまい
優しい心のたゆたいに似て
綿の繊維のように軽くしなやかに
堅牢な時間を通過しました

たった一つです　でも決して孤独ではありません
歌を心地よく響きわたらせる私の喉は　未だ歌ったことがありません

七億年の沈黙は星空のようにきらめき
あなたを待つために　石たちは言葉を黄金のように惜しんでいます

四

人間の賑わいに幕が下りると
あらゆる灯りが暗くなり
私の心にはほこりが降り積もり
かつての大波小波は石に残された痕跡から湧き返ります
山津波がやって来た時には
象も犀も逃げのびる余裕がありませんでした

一度また一度　体内に小規模の崩落が発生して
私は恐竜の尻尾をくわえていたことがあり
温もりの得られることを渇望しました
歳月はいつも樹木と雨の歌に無関心ですが
それらは私の身体に覆いかぶさり
もはや私にとっては切り離せない身体の一部分です

薪を背にした山の民は私の背中を行き
夕餉の煙はゆらゆら立ち昇り
黄昏に芳しい草の香りは　夕映えのお伴をして
私の暗がりを見舞って慰めてくれます

硬貨には表と裏の両面があると言われます
私と私の背中には
どんな違いがあるのでしょう？

五

鷹が私の心に飛び込もうと試みたことがあります
その急降下突入の速度は余りにも猛烈でした
私は有限の陽の光のなかに水を湛えています
生い茂る樹木は昆虫たちの地の果てです

一年を通して休むことのない滝は
大声で叫ぶ私の声です
それが腹を割って話せる私の全てです

円柱形の身体は傷口だらけですが
それは私の気と血の通路です
それを通じて　私と次々にやって来るあなたたちは
心を通わせ合うのです

鷹は垂直の絶壁に沿って空へ向かい
苦境のなかでも空を旋回できる心を　私に残してくれます

六

私はあなたの染付けのようなサインのなかに
郷愁を読み取ります

七億年の寂寞と雷鳴は
みんなあなたの前世の流儀ですが
卵は　重なり聳え立つ岩の壁で鷹を増やし
石と水は
聖地として巡礼されるところの
トーテムとなります

古テチス海*

一

私は海を漂った　木切れのように
否　もっと言えば岩石のように漂った
おまえの塩は毎日私の傷口に浸み込み
私は自分をナイフのように強化したけれども
おまえは私の皮膚、髪を蝕み　私の麗しい見目を蝕んだ
私の脚には水掻きが生えてきた
数億年の後　私はおまえが通り過ぎた洞窟の
入り口で精霊になった

二

陽の光が私の目を痛いほどに刺し

私は地球の真ん中の深みへ引き下がらざるを得ず
私にはおまえの木霊が聞こえた
それだけではない　億万年前
私が海面で日干しだったとき　おまえは水の滴をくれ
干からびて皺々の脚に再び呼吸をもたらしてくれた
その時が始まりだった　石と石に
同盟が成立した

おまえは私の心に隠れていた
まだおまえに出会えるなんてうっかり忘れていた
古めかしい予言が結晶の花を咲かせ
それは綿の花よりも軽やかだった

三

おまえが身を翻して立ち去るはずはないとは分かっていた
この時のために私は数億年を待っていた
私はほっそりした身体と長い脚を持つように努め
ゆっくりとおまえの方へ這っていった

あらゆる涙、記憶、苦痛そして愛情を身に帯びていた
私はおまえが撫でてくれるまで待った
おまえが人を戦慄させるほどの関心を抱くのを待った

その後　毎日毎日　毎年毎年
私はおまえのシーンのなかに生き
思いを込めておまえの歳月を見つめた
そのひと時に誤りはなかった　ただそれだけで
有為転変の億年を持ち堪えることができた

四

石たちが互いに身体をぴったりと寄せ合い
あるいは億年の恋しい思いから最初のキスを成し遂げたら
親愛なるおまえよ　遠くへ行かないで欲しい
私は暗い河を歩いて渡って天の窪みにたどり着きたい
そして瀑布を遡っていって　おまえが野の花を咲きあふれさせる天の庭に
至りたい　おまえの眼差しが眺めやる場所へ至りたい
おまえの肩に立って　おまえの言葉を使って

大海のことを説き明かしたい

大海および大海中の塩
双河によって艶やかな色合いのマグネシウムもしくは明月
大海および大海中の生物
および私　遠方の落日

五

おまえは私を裁断して標本にし
懸崖から船をおろすことができる
私のブルーの髪はきらめく炎
深淵のなかに　光　雫となって落ちてくる

七億年前私に舌が生えたのは
この現世でおまえと対話するため
でも　おまえのキラメキのなかでは
沈黙こそが最良の表現

六

私は自分のいびきが聞こえる
岩石はおまえが横たわった岩石に横たわり
重なり合う影が　おまえが口頭で伝授する真理のように
濃緑の青春時代から　現在へやって来る

今この時はひとひらの木の葉か
広大な山野の蛍に過ぎない
私はこれまで鼠を任命派遣したことはなく
おまえの眠りを淡々と落ち着いて通り過ぎてきた
夜　今までめくり上げたことのない大波が
碁盤縞の明るく澄んだ窓のなかを落下した

私は　斑の蛇が幼年の河辺から
泳いでくるのを見た　草は共犯者になり
艶やかな誓いの言葉を
長い旅路に変えていた

七

大地の内側をゆらゆらなびいたどの隙間も
曾ては　流れ込んだ海水が満ちていて
鱗と甲殻は　層になってはがれ落ちた
おまえは私の高くて大きい様子を　飛翔する様子を見たことだ
蝙蝠の後に付き従うために
私は真っ暗闇を丸呑みにする技を体得した

だから　今私は
透きとおる魚に変わっている
おまえが私の真っ暗な背中に見る光沢は
私の透きとおる肺に移動してしまう

私はここで黙々と待ち受けよう
おのれの　きらびやかな地下宮殿への変身を
おのれの　おまえの蜃気楼への変身を
人知れず期待しよう　おまえのいま一度の通過を

二〇一五年九月十日　北京

＊古テチス海＝「古地中海」とも言う。ジュラ紀、パンゲア大陸がローラシア大陸（北側）とゴンドワナ大陸（南側）とに分かれ、その間にできた海を言う。

十二後方*

序

王よ　あなたは七億年隠れていた
私がよろめきながらあなたの前に跪くと
かつて吹き上げられ渦巻いてあなたの心臓に入り込んだ砂は
すべてきらきら光る真珠に変わり
碧く透きとおる淵に変わった

王よ　あなたがばらばらの十二になったのは
身体の豹紋を雲に変えるためだった
北緯三十度
私はあなたの心のうちに居住まいを正し
地球の同緯度上のただ一つの

エメラルドになった

一

飛び立て　火花よ！
鳥の死にゆく彼方に向かって
妖怪が
海上を舞い飛ぶ
言って下さい　我を撃て
親愛なるものよと　たとえ森が生い茂っても
我には心のなかの荒涼と向き合う方法がないのだと

王よ　あなたは毛皮で作った長衣の裾をからげて
洞窟の入り口を一つずつ取り返して下さい
山頂から　連なる峰々を俯瞰すれば
あなたの鎧兜は　星のように燃えている

二

深い森から聞こえてくる歌声に耳を澄ませば

叫び声や吠え声など比べものにならない
天使は石という石を慰めている
五峰嶺から九道門まで
王よ　あなたが退却を命じたのは
抑え切れない洪水の激情に対して

暗黒がまぶしい青に変わるとき
十二のエリアは　静けさにおおわれて
王は玉座から離れ
すべての鳥虫獣は
おのおの朝露のような愛情を抱えている

三

真夜中が　裂けて
星の光が　裂けて
樹木と石が　裂けて
天が　裂けて
地の裂け目にしまい込まれた

王よ　あなたは匕首
あなたの痛みは歳月に埋もれて
七億年　あなたは仲人となって
天地を融合させた
七億年　あなたが一人また一人と
丸呑みにした薬草採りの老人はすでに
風変りな山の果実の形をしている
あなたの約束の言葉は　花開いて水晶の花となり
洞窟のなかで明るくきらめいている

四

王よ　この春　蛇がまだ目を覚まさないうちに
しばらく私を抱擁して　私の皺を修復してほしい
あなたの物語は花を揺らしている
花は奇を争い美を競っている
花は絶壁で　苔を見下ろして嘲笑している

それはあなたの皮膚　王よ
私はその内側深く隠れ　あなたの呼吸に潜りこみ
一つまた一つとその陰となり　あなたが探し集めた心は
とうの昔に標本になっている
あなたは私の目から逃げも隠れもできない
コアラが居眠りをするとき
私は血とあなたの魂とを交換する

五

種子はやはりそれほど重要なのでしょうか
それは鳥の腹のなかで根を生やし　芽を出し　冬を過ごし
今満開になって春の彩りとなっている
王よ　私はこれまで今ほどあなたを通り抜けたいと渇望したことはない
今ほどあなたの眼差しと年輪を通り抜けたいと渇望したことはない
今ほどあなたの後光の後ろに深く隠された寂寥を通り抜けたいと渇望したことはない
種子は氷に閉ざされた谷底にあり
太陽山　月明湖

それらは私の波打って流れる陽の光の力を借りて
あなたに呼びかけたことがある
王よ　成就の背後には
七億年があり
一夜一夜の沈黙がある

六

勿論　私はいっそう多くの時間をかけて　天使のように
赤ん坊を懐にしまい　妖怪の馬車に乗り
素晴らしい生活に奇妙奇天烈な色合いを塗り付けた

いいえ　いっそう多くの時間をかけて　私は巫女のように
明らかに追い手に帆を上げる順調な生活を
茨が再生し　落とし穴がすき間なく広がるものとして描き出した

私は左右を交替させては　前後を重ね合せては
奥深くにいるあなたに再会できなくなるのを恐れた
王よ　あなたの首回りには私の暗号が隈なく刺繍されている

北緯三十度　私は原始の入口で
洞窟の群れと山水を引き連れて
あなたの足下のホコリに向かって跪拝する

二〇一六年三月十一日　遵義～北京間の機内

＊十二後方＝「王」を二つに分解すると「十二」となる。「王の後方」を表わす。十二頁の「桜とデート　それを楽しみに」参照。

三メートル離れて

一　雪

私はそのときの雪　おまえの山々を覆う前の
一刻一刻　私とおまえは溶けあった
おまえに溶け込んだり　おまえに溶け込まれたり
三メートル離れて　大地の温度が
私の頬を焼き焦がした

私は捧げ差し出す　すべての波　辞典を
そして処女と同じような恥じらいと熱意を
三メートル離れて　双河よ
私は天からやってきた水をみんなおまえにあげる
おまえは熟睡する美しい化石のように

私の呼吸を呼吸している

三メートル離れて　おまえのキスは優しいナイフ
浮き世の繭を切って開き　私を懐に抱える
その度に　それは初めてのこと

二　五峰嶺

おまえがくっきり示すのは　高い空における距離
心と心が　頂きの辺りで融け合う
私は数億年前に暫くのつもりでおまえと別れたというに過ぎない
再び振り向いて見れば
五峰は涙で見えない

三メートル離れて　切り立つ渓谷
私の余生はこの美しい裂け目の見張り番をすること
おまえの存在の　おまえの雪の　おまえの霧の見張り番をする
おまえの忠節と粘り強さを
千年のイチイの木はいつかの私の懺悔

その懐かしさは　片時も私を離れたことがない

私はやって来た　この億年の約束の場所へ
仏の水瓶に盛られた時の流れのエッセンス
三メートル離れて　舞い飛ぶ雪の花が
いよいよ降り積もる

三　九道門

私は楠と肩を並べる　おまえの真っ暗な入口から
清涼を通り抜けて
頂きへ登ったとき　私はおまえの根に
呼び覚まされた　おまえの孤独は
生と共にもたらされるものだ

おまえの扉石のたびに九回曲がらなければ
ならなかった後にこそ　通俗の壺を避けることが可能だ
おまえの原点に戻らなければ　どうして
おまえの胸の内が理解できよう

連山の峰の連なり　天を突く万丈の岩
おまえの深淵に住めば　傷口もなだめられ落ち着いてくる

三メートル離れて　ひどく心を痛める足取り
トウモロコシの一番外側からそのヒゲを揺さぶれば
土ぼこりが　清々しい香りのなかを落下する

四　不眠の木

風は収まったことがあるのだろうか？　空気は
固まって詩となる　私が静まろうとするその時
樹液はたっぷりとあふれ出て
私の土地、陽射し、唇そして
枝葉と繁る髪を水浸しにする

私は楠と同行する　闇夜に
苦楽を共にし　厚い友情で親密になり
どの葉も　ふっくらして
森の端から　楽の音が伝わって来る

九歌*は　眠らない

＊九歌＝漢族の神話伝説中の歌。

二〇一六年一月二十五日　夜　十二時三十分

貴陽

一　冷たい雨

歩いた跡はそのようにして形成されるのだった
寒さが肌にローラーをかけて押しつぶしたので
私は季節の裂け目を遠ざけたが
高層の建物から俯瞰できたのは
あまりはっきりしない気持ちだった

それなら一体どのようにできたというのだろう
睡蓮はすでに夏のうちに死んだ
貴陽の気温は私の心の温度より少し低い
私は常に道に迷い　心は慌しさで渋滞していた

それはつまり冷たい雨と冷たい雨の隔たりだった
私とおまえはガラスによって隔てられ
幾山河に隔てられていた
おまえは窓を雨に打たれて目を覚ました

二　ラベル

おまえが私の顔に播いたのは
希望という一粒一粒
私はアカザの腕を摘まみ上げては
見慣れたありきたりの山野について説明した

私はいつ頃だったか　賑やかに往来する人の群のことに
連続して書き改められる家賃のことに
無感動になり始めていた
人々は孤独と恐れのせいで
ひしと寄り添って暖を取った

私は変わり種のラベル

貴陽以北　ジャガイモが盛んに売り買いされる定期市で
私はコンニャク芋が花を咲かせる格好をして
太陽に向かって深々と頭を下げた

三　気温の下がる南方

花びらの内側で丸く縮こまっている南方
大気の気温の下がる場所
葉っぱたちは箱をひっくり返して洗いざらい探すけれども
去年のふくよかな唇は見つからず
霜害を受けた記憶はずいぶん長い間消えず
全国の人民は雪中の山区のために心を痛め
倒れた電柱には　氷が

千の島は　成長した木耳と豆もやしのようだ
千の南方は　陽の光を着ている
紫色の矢車菊を着ている
錯乱した指は熱狂的な音楽を奏でている

南方は　ほどくことのできない結び目を私の心に隠した
もっと冷えたとしも　それは私の指先にある暖かい南方
私の血が通る森の茂みを侵犯してはいけない
私は貴陽で　世界の中心を忘れてしまった

四　以北

あの光栄は忘れよう
彼女たちのほとんどは悲哀が張り付いている
大石の上の歯は
上古時代の国のよう
貴陽　および貴陽以北に
別の国が　樹立される

おまえは私の身体に入り込み
樹木のように　いつまでも山に植えられている

二〇一六年一月二十一日　貴陽　世紀金源大飯店

下痢は徒歩旅行と同じ

一

私の指先には千匹の魚がいて
視力の及ばない方角を向き
先端の熱に火がついたら
数え切れないほど何度も暗闇をはたき
綿花の一輪が
水中で満開になった

深い森の腹を通り抜けたら
泉の水はさわさわ奔流となり
唇が胃に対してもう責任を負わないとなったら
もはや哲学が時計の正確さを

理解する術はなかった

孔雀は内気そうに尾を垂らし
前世に尾羽を広げた光輝を忘れていたが
その時の拍手が雷鳴のようだったので
連れ合いはびっくりして去ってしまった
彼女は何とも不可思議な燃焼を体験していた
緑色の羽は壊滅し
木屑は冷え切り
直に混沌スープの鍋に向き合っていた

二

黄昏の残りを片付けて　太陽は
私の庭に落ち
折しも月が昇ってくる道で
私はドアを閉めるべきかどうか分からなかった
だが口が渇いていたのに　平気な振りをして
夕映えに向き合ったら

中庭の影は燃えていた
私の手が涼しげなドアノブに届くと
月は体温を一度上げたいと願い
庭の外の木犀の花を心静かな眠りにつかせた

私は燃える魚
犬肉は食べないと承諾したのを忘れてしまい
まるで信徒のように
誤って懺悔の門前に跪いたら
裁判所は冷熱と陰陽に判決を下し
蜜柑はローマへと逃げ帰り
私は寝返りを打って
二日間の焼き魚を故郷へ送り返した

三

二十年という虹を歩いてゆくと
剣先が雲の梢を弾いた
脂肪は四十歳の足腰に不意討ちをかけ

全世界はふくよかなものに変わったと思って
いよいよ前倒しで頭の後ろの涼風に備えようとした

酸欠の靴は階段とショートを引き起こし
ぐらぐら揺れる会議は
青写真とは別ものの歌
一切を逆様にして
雨降る通りに人っ子一人
見られないようにしようと心に決めた

家のなかの香水は
息苦しくなって香りを失い
長城を一区画つまんでおでこに貼ったら
まるで古琴の音が
鷺毛扇の上を流れるようだった

四

それは私のお腹の歌

木の葉で私の窓を叩かないでほしい
私の肌は皺立つ太鼓の上でぴんと張り
水の枯れた爪は鼻歌を歌う
紅い種だよ
大雪のなか　依然として分水嶺の道端に驕り立っている

秋から始まった
矢車菊がさっそく私を戒めた
藍色が藍色に出遭うそのとき
宝石はきっとすぐに腐乱し始めることだろう
暖かい冬が厳寒に出遭うそのとき
帽子はたちまち帰らざる帆になっているだろう

私は胃を洗いながら
川端にしゃがんでいる
残された力で
絶壁に草を食む山羊を見ている

五

まるまる一日一粒の御飯も喉を通らず
まるで断食する蟻のように
風がヒューヒュー胃腸の辺りを　湖と山野の辺りを
吹き過ぎるのを聞いている

キキョウは曲りくねった小道に離れ離れになっていて
そのなかの一本は海子[*1]だ
それは終に私の中年を不意討ちするのに成功した
四月の前夜
困惑を永遠にレールの上に残した

あたかも時間の砂のなかを漂うかのよう
長々と続く中国風の路地で
ボヘミアの雄ライオンに出遭った
彼はがっしりしていたが
思考する乱れ髪と哲学するヒゲは

私の腹の柔肌で中世紀の鍼灸カップが
踊り始めるのを補佐するのか
それは不確かなことだ

祈りを奉げる鐘の音は礼拝の壁に隔てられ
私と補助薬「康復」の間は
曖昧模糊とした泥に隔てられている

六

寝室を終点にした今回の旅行は
一碗の粥と数切れのビスケットで
一昼夜の後に終結した

ミウォシュ[*2]のもう一つのヨーロッパから
トラークル[*3]のザルツブルグまで
「私と私」は帽子のつばの下で対話した
私はふらふらしながら立ち　ミー・クイーダ[*4]の
油彩画の女を見ながら

今回の飢餓をたずねる徒歩旅行に満足した

朝末だきの二時
教会の鐘が信徒の
四方壁だけの貧しい心に鳴り響いた

二〇一四年二月二十一日　夜　綏陽

＊1　海子＝一九六四〜一九八九年（鉄道自殺）。安徽省生まれの詩人。西川編『海子詩全編』がある。
＊2　ミウォシュ＝一九一一〜二〇〇四年。リトアニア生まれの、ポーランド詩人。一九七〇年米国籍を取る。一九八〇年ノーベル文学賞。西川と北塔の共訳による『ミウォシュ辞典』（中国語）がある。
＊3　トラークル＝一八八七〜一九一四年。オーストリア生まれの詩人。
＊4　ミー・クイーダ＝一九五四年〜。ウクライナ生まれの画家。

乱れ舞う寒さ

一

今　私の両腕はだらりと下がり
背中は痛く　もちろん痛みは
肋骨のうちがわに収められた心臓にも起こり
そちらからの息づかいは感じ取れない
風は北方から
モンゴルから　新疆から　ロシアから
北極の氷の隙間からだってやって来る
私はクタクタになった時計のように腹這いになり
ダリの時間のように
バスタブの手すりにつかまり
赤ワイン入りのグラスを　手にする

ブルーなメランコリーなどどこにあると言うのだろう
私の背中はどこにもかしこにも渦巻き
足跡には　水が溢れかえっている
私は息せき切ることを永遠に見失わない
気分の高揚がなくても　ブレーキのない列車のように
暇に任せて国境を駆けぬけてゆく
甲虫は美しい羽を広げ
挑発するかのようにぶんぶんという音をたてる
絵画からは頭が伸びてきて
ぼろぼろの建屋と錆び付いた鉄枠が
奇怪な笑い声を発している

髪は常に灰色をして　乱れている
ギターは二胡の位置へもどり
白毛女[*1]がしばらく咽び泣いて
劇は幕となる

夜の宴会は寒さのなかに始められる

二

もう一度鍼灸カップに教えを乞う
この裸体という監獄
両眼がピントを合わせられなければ
分裂した頭　人生そして靄は
ぼんやりしているというのが唯一の間違いのない事実だ

向日葵　ピラミッド　ヤク
男根　羅針盤　口の中の管
自分自身から出発する人はいない
自分自身に到達できる人も少ない

菜食レストランの入口は商売繁盛
群れなす雪の花は　たやすく羽織れる中国服に似て
複雑に入り組んでいるという風に運命を延ばし拡げるが
あなたが真に迷いから覚めるとき

一切はすでに融解している

三

姿を激変させた牡蠣は　生きていた時のように瑞々しい
荒々しい海水、ひび割れ
唇と舌に心地よく
海と岸がつながる時
釣り針と釣り針は共謀する
きらめきは山にあり　山頂で
カラスは夜のように冷たい
乱れ舞う石は空中に裂け
知識は地べたに座って　節回しを変え
偽娘は　オヤジの
病んだ踊りを見て　足腰は下を見て　泣き
足腰より上は　落ち着きはらって錯乱している
七九八[*2]は　ホコリのなかの芸術
叩いても落とせない時代と悲哀は

肉体と魂は　現実と幻想は
夜と夜は　形式から肉体へと　それぞれに剝がれる

四

錐たちが　口を開けて
歯をむき出しにすると　時代遅れのコンプレックスが
前衛だと見なされて　お下げが流行し
踏んで通る泥はペンキをたっぷり飲んでいて
大御所たちは　無表情に舞い上がっている

私にはゴミの山々が見えるが
それぞれの山には知恵が充満し
それらの間には　星の光が点々ときらめいている
汚い言葉の山々
創造の山々
虚無の山々
涙の
山々　果実の山々が

とろけて心に至る

悲哀の山々が
七から九になり　さらに八になり
未来の山々が
現実を塞いで　もう行き場所はない

五

その冷えが　空間を縮めてしまった
歴史は河の流れから始まったが　すすり泣きを忘れてしまった
水面に映る影は　ローマから　コロセウムから
遥か北京に呼びかける　北京の孫に　北京の娼婦に
宮廷は　華やかさと争い　あたかもカエサルが
刺されて血だまりのなかに倒され
七から九になり　さらに八になり
地球の中心へと
空無へと帰るかのようだ

二〇一六年一月十九日　機内

＊1　白毛女＝頭髪の白い女性の意。賀敬之と丁毅による新歌劇のヒロインの名前。劇名。貧農の娘である喜児が親の借金のかたに地主に弄ばれ、山の洞窟に逃げ隠れる。白髪となってしまうが、やがて八路軍に参加した許嫁に救い出されるまでを描いた物語。

＊2　七九八＝北京にある「七九八」という名を冠した芸術地区。現代アートの中心。

廃墟の花

一

塩は地中から成長してくる
夜明けは咲き開いて形を持たない蓮の花となる
私はおまえの唇のあたりに浮かんでいる
沈黙する石よ　私はおまえの天使
おまえの部分になる

塩は石のなかに溶けて　樹に懸かっている
こころの雪の花は　力を持たない手
私はこの命を両の脚に委ねてしまったから
そのときからもう世界は頼りにならない

私をおまえの傍らにもどし　不躾なキスをさせてほしい
おまえのきめ細かさを通して手触りを体験したい
おまえは私の大いなる虚無
私の柔らかな身体からは
きらきら透きとおる花が育ってくる

私はおまえが存在するただ一つの理由
七億年　私はおまえの
真実美しい廃墟

二

それから　羅針盤は大地を歩き
真珠は天使の涙のようだった
均一な時間は　裂けてブラックホールに変わり
その赤子は　急膨張し　宇宙は
公式のうちを巡り　私は自分の髪をつかんで
地球を離れた

おまえから離れ　棘だらけに育った竹から離れた
透きとおる蓮の花　屈することのない澄んだ心
私は半生の赤い糸を包み込んで
もう一つ星をノックした

それは成功への曲がりくねった道
廃墟のなかのもう一人の私に出会った
彼女は人の嫉妬をさそうほどに清らかだった
そこで　私は俗世を代表して
彼女と対決することになった

三

果たして激しい戦い　何処にもかしこにも伏兵
私の袖口には龍虎のような優れた人材が隠れ
もう一人の私の微笑みには巧妙な計略があった
石は　艶やかな宝石
ブルーなメランコリーのなかを転がっていった

造物主は私と私を許した
私と私は互いに代わり合うことができなかった
家にある葦　山の向こうのホトトギス
私は春の位置から真理をこっそり窺ったが
真理の所在は別のところだった

私は再生したが　廃墟のなかで
もう一人の私に言いたい放題ひどく嘲笑された

四

豹　水と草原
おまえの活躍のディテールの一つ一つが
カルシウム化して硬くなった時間は
天の窪みの底を　伏流となって湧き返っている
私は落下してこない一粒の土ぼこり
芭蕉の生い茂る歳月を漂う

おまえは石に残る痕跡そのままに

とっくに化石になり　私は由緒正しさを気取った博物館で
ウミユリが重々しい光に刺されて痛むのを
見ていなければならないのだ
永遠に散らない薔薇は神話だということだ
冷たさを隔てているガラス
私の心は涙でいっぱいだ

五

それはいっときの大いなる宴席
洪水がやってきた時
あらゆる蟻は引っ越しが間に合わなかった
昆虫類鳥類は空で大喜びしたが
牛は立つことができず　クラクラする目は
朽ちてゆく木目だった

湧き返る時の流れは
だだっ広い塩に変わった
私は万物の始まり　土ぼこりから

終には土ボコリへと帰ってゆく

残りの歳月

一

おまえとは慌ただしい年月のなかでもつれ合うことができるだけ
この七億年におまえがどれだけの女を愛してきたのかは分からない
おまえは石のような頬を
荒々しく私の心にこすり付けたのだった

洪水はおまえの運命　私はおまえの力を
不思議に思う　山を押しのけ海を逆さにするおまえに驚き不思議に思う
私はおまえの石だから　立っていられない
どうか私を抱きとめておくれ　眠れない夜
私はｐｍ２・５のひどい北京で
双河の静寂に恋い焦がれている

二

おまえの前ではどのような武器も一撃に耐えられないが
私の首を締める縄は　蔓草だけ
私の身体に纏いついて　蛇のように
余計な枝葉まで呑み込んでいる

おまえは涼しげな光を浮かべ　夜の中で
熱情溢れる心を抱き
漆黒の沈黙は真昼に応対し
傷は　月下美人の苦痛とまったく同じだ

双河よ
私はおまえのベールをはがして世にあっと言わせ
おまえの蜃気楼を再現した
貝殻は
花の芯に隠居して
おまえの来世の輝きを静観している

三

おまえが私の芳しさを忘れ去る訳がない
おまえがよそよそしいとき　私はきっと満開になり
毒キノコになり　おまえの心に山野の艶やかさを刻み付けるだろう
石は　衰弱しておまえの最後の呼吸となるだろう

親愛なるものよ　私は来世には
粉微塵になる　というこの漠然とした連想によって今思う
私は間もなく衰弱し気力を失って故宮の城門の朽ちた彫刻模様になり
病に伏して遠くおまえの清純を想い
おまえの欺瞞とおまえの屈することのない存在を想い浮かべるだろうと思う
私は自分を引き裂いて粉微塵にしたい
何故って私は現実にはおまえの前方に飛んで行く力がないのだから
私は泣いてはいけないのだ
とっくに泣き出してしまって何も見えないのだけれども

四

分かっている　水面に悲劇の霧が立つはずはない
おまえの額から下方を見て　おまえの土地のどの部分も愛している
私は慈しんできた年月から明るい輝きをもらった
美しく澄む様はおまえが意思を示しているというだけだ
分かっている　私はきっとおまえと溶け合っていっしょになり
再び時間を生み出し　来世を覆うはずだ

だが　私とおまえはこのように遥かに隔てられ
至るところで目に留まる金属に　絶望させられる

五

雪は　柔らかな剣のようにしきりに落下して
土、木の根そして私の干からびた心に入り
木の幹は褐色の枝矛に変わる
私はおまえの肋骨　石のなかから分離してくるのだ
なぜ痛みには砂が充満しているか　それが分かる
くまなく光を浮かべた水は
まるで病んだときの抑え切れない私の涙のように

双河の洞窟のなかで
歳月について述べる

壁に残る美しい砲弾の跡は人を魅了するが
エネルギーの充満する水流が弾であり
弾は　硬い石と時を突き抜け
泣いているのを突き抜け　頭を突き抜け
私の掌、心臓そして独り善がりの考えを突き抜け
北京のｐｍ２・５のなかを舞い飛ぶ雪を突き抜ける
血、剣、北京、紅い布は
何処もかしこも窪みと傷

六

おまえの発するあらゆる音信は遠くて届かない
七億年の時間のなかで私はナノメートル級のチリ
たとえ私が子を宿し乳房を腫らして痛めても
私が歯を食いしばって石のような傷跡を何とも思わず
自分のために空気を積み上げて砦を築いても

双河よ　おまえが蛙となれなれしくふざけ合ったりする季節
ちょうど北方では杏が熟している
雪を避けよ　毒の塗られた剣を避けよ

死んだ鳩たちを許そう
死んだ平和と自由を許そう
倫理を許し　科学を許そう
先の者に続いて次々に突き進んだ灰色の死を許そう
偽りの微笑みを許そう
私の心は落葉で塞ぎ尽くされ
金色の深淵は　清々しい秋日和

七

もう冬だ　錯乱の風景だ
沈黙は灰色熊の一冬の食糧
おまえは私の心をつかんで炙るといい
世事に無関心な二股の鉄かんざしで
血腥い虐殺者の鎖で

七億年　おまえは数え切れない殺戮を目撃している
水は　血に変わった

小雪になった　大雪になった　天は酔った　地は疲れた
十一月は　周波数を変え
心を込めて死に向き合う
柔らかな剣は　まだ間断なく降っている
幻の感情のすべては
終りのない落とし穴　おまえの血は
地の裂け目からすっかり漏れている

八

金属は足りなくても　金属のきらめきは足りなくても
元素は　明け方の谷から　石の耳元から
海に届く　私には海のような愛はあっても
心は針の尖端ほどしかない
おまえを装ってやれるだけだ　おまえはその中で身動きができず
私はおまえに自由な呼吸を与えられない

七億年　実際　おまえは熟睡している
灼熱の唇が呼び覚ますのを　おまえは待っている

私とて旅人にすぎない　おまえの一瞥の間に
自分を燃やしてしまうから　私にはおまえを愛する力がない
金属が　私の目に入り　杯に入り　心に入り
私は世界の不純物を帯び　汚れた呼吸をして
都市に気息奄々

九

この世界は重すぎる　親愛なるものよ
私は心の中におまえの迷宮を回想できるだけだ
もう間もなく断たれる足首だから松葉杖が必要だ
双河よ　私はもう立ち上がれない
踝より上の世界は
大地から余りにも遠く離れている

四肢を切り落とし　頭を切り落とし　そうしてから

私の血液を採って行くといい　世界に二本脚が
残っているというだけで　人類は傷心を
免れるのだ　しかも死にたいなんて思う訳がない

十

丸く縮まる悲しみは　夜には
終わる　終われ
一度涙が流れて乾けば　おまえは
七億年の間に何度も洪水に貫通されたおまえの
ようではない

私は見え隠れに生きて　浮遊する蜘蛛の糸のように
深い寒さに向き合わない訳にはゆかない
双河よ　私は間もなくおまえの姿を書き留められなくなってしまう
そのことが私を病中の恐れに陥れるのだ

私の脚は持って行きなさい
翼を私に与えよ

私に翼を与えてよ
おまえの愛のなかで
再び飛翔できるように

此れからは

一

此れからは　私はおまえの馬小屋の縄
甘草の香りへ渡ってゆけるよう
一晩中星たちを見守ろう
月明かりの下のおまえの足音を待っていよう

三十年前の雨が中空に留まっている
運動場には素足で駆け足をする私の姿がある
万物の輝きはおまえの衣の辺りを滴り落ちている
双河よ　私の透きとおる足の放つきらめきを
今夜は残らず返して欲しい

私はおまえの女に成長し　おまえの妃に成長し
最良の歳月のうちをおまえの宮殿に入って住もう
私が青空に書いたことを
おまえはとうに私の胸の谷間に読んでいたのだ

二

此れより後　双河よ
私は石の花の垂れ下がるおまえのスカート脇に端坐して
控え目な女王になろう
私が草花の間に撒いた謙虚な思いは
私の代わりに太陽と月に跪いている

私に涙を流させないでほしい
私が約束の地へ向かう途上でなめた苦しみは
すでに細心の注意で石のすきまに隠してある
エルサレムで悲しみのあまり死を願ったことも
キリストに向けられた罵倒と茨もいっしょにまとめてある
洗われて温かい月の光をおまえにあげよう

おまえと私はまだ互いの心が読めていないから
私はここに留まり山々と対座して
独り仙人になろう

三

鱗が　踝のところから上に向かってはがれ落ちる
それは私の心臓の巻き網
もし剣をよけるためでなかったなら
私はどうして曖昧模糊とした鉄器を飾り立てよう

私はどうしてまた羽毛のように
水中深く迷い込み　幼い鳩を見て
愚かしく平和を説き明かしたりしようか
この世界は　放射状に広げられた公式のなかに存在し
幾重にも重なる錯覚は
ホーキング博士[*1]の身体麻痺から始まっている

四

私はどうしても脱穀作業場で出会った影を前へ移動させなければならない
そうしてはじめて雷雨をやり過ごすことができる
紫色の桑の実は歯を紅く染め
私は樹下に端坐し　光と影を相手に対局する

おまえは弾き弓を手に　真新しい枝を引いて
隣家の木陰を通り過ぎる
目に残る光でこの辺りの風景を見渡している
蝉はミンミン鳴き　太陽は歌っている

黄昏にかまどの煙がゆらゆら立ち昇るころ
大気中には稲わらの芳しい香りが充満している
犬たちの競い合うようにてんでに吠えていたのが止み
私はサツマイモの心のなかに戻り
おまえの棲家の月の光が少しずつ
稲むらからあふれ　少年の顔からあふれるのを見る

五

おまえと私はきっと三十年後の雪のなかで再会するという運命にある
ちょうど私がロサンゼルスの歩道橋でバイロンとばったり出会うようなもの
その黄昏　「シヨンの囚人」[*2]はまだ水のなか
私は楓葉を捧げ持ってモントレまで歩いた
きっちり秋から冬まで歩いた

そのときバイロンがレマン湖を疾駆し
満腔の熱血で城砦を埋めてしまった
そのときの呻きと嘯きが
波が打ち出すひっきりなしの鬩の声が
いつまでも止まないきらめきを放っている

おまえの懐に帰る　双河よ
此れより後　おまえの冷たさは私の冷たさ
私は石に溶け入って　造物主の許しを得るかのように
ホコリへと帰ってゆく

虚無の時間へと帰ってゆく

二〇一六年一月二十九日　明け方　貴陽

＊1　ホーキング博士＝一九四二～二〇一八年。英の理論物理学者。一九六三年ブラックホールの特異点定理を発表。ＡＬＳを患っていた。

＊2　「ションの囚人」＝バイロンの詩の題名。スイスのモントレ近郊レマン湖畔に立つション城は監獄にもなり、バイロンはそこの囚人のことを詩にした。城は湖面に映る。

綏陽[*1]の印象

一

船棹の前に立ち
飛ぶようにおまえの目の前へ急ぐ
薄霧が渦をまいている山々
野花が咲き乱れる小道
どこで化粧を洗い落としたら
おまえの緑の襟を汚さなくなるのだろう

そこには四億年前の砂と石
途切れることなくいつまでも続く生命を
堅く守っている鍾乳洞
おまえは興味をそそる不思議な透明感で私を待っている

言葉を超えたおまえの神秘が
深い夜のなかをもう私に届いている
清渓湖[*2]の静けさにぴたり寄り添えば
その清浄な翡翠の心が身に染みてくる
仙女よ　この惚れ込みこそが
私が今まで山川を巡り歩いてきた全てを意味しているよ

二

おまえに出会うまで私は
自分がとても幸せだと思っていた
都市の空気が米ぬかと同じように
飲み下すのが難しいものだとは分かっていなかった

それはすでに黒く燻されている翼
騒音の乱射に刺されて傷ついている耳
靄のなかでもう澄み切ることのない瞳
私の丈夫でない歯
都市の際限のない車列のうねりを食い止めようとして

ほんとうは誰もが車の屋根に跳び乗って
天に向かって問いかけたいのだ
誰が私たちの青い空、青い山、青く澄んだ水
そして私たちがいつも懐かしんでいる土を奪ったのだと

おまえに出会う前
不眠は苛立つ紙切れに過ぎなかった
裏返してもよかったし丸めて投げ捨ててもよかった
今は眠れない夜には
一分ごとに靴に火薬を詰める
希望が潰れてしまう前に　おまえの傍らに向けて
自分を発射する力を持つことができるのだ

二〇一三年五月十三日　北京

＊1　綏陽＝貴州省遵義市綏陽県。
＊2　清渓湖＝梅爾が観光開発した湖水。

夢に清渓湖に帰る

夜のなかを母鹿がやって来る
まなざしは静まり返った湖面のように優しく
蹄の跡はにじみ出た水に満たされ
月の光がこうこうと降り注いでいる
小さな鴛鴦は抱き合い眠っている

王子が上流から漂ってきて
おまえの絹織物のような懐に流れ込み
その鱗のうえに
すらりとした肢体の百合の花が立つ

私は清らかな魚
遥かな夜のなかで

水からセンチメートルの彼方にいる

その沈黙の船着き場や朴訥な甲板で
あることほど喜ばしいことはない
また　ほっそりした松葉になって
蟻の竹筏になり
険しい峰の橋を渡り悠久の岩の谷川を渡って
風景を心ゆくまで見てから
酔っ払ったコオロギのように
北斗七星島の港に停泊し鴛鴦の娘に眼差しで
思いを伝えるほど素晴らしいことはない

私はもう目を覚まさず綿の花のなかに横たわり
おまえを愛惜することができる
おまえの心が翡翠のようでありさえすれば
私は断崖に眺められるその瀑布と青苔のあたりで
もう一億年おまえを見守る

二〇一三年十一月十一日

II

エラブガ——ツヴェターエワ*に

それはあなた自身の吊り鉤なのだった
ついに苦い蓬を噛み終えたのだった
そこはエラブガ
赤いロシア
白いロシア
あなたの血のなかの深い情愛にしみ込むロシア
あなたがぴたり寄り添えない赤の他人のロシア

それはあなた自身のナナカマドの木
あなたの鮮血のようなニワトコの木
ツヴェターエワ
あなたの山はプラハに留まり
あなたは　悲しみにひしげた十七年の漂泊と懐かしさで

エラブガを歓迎し　寂しさに打ち勝つことは
愛を勝ち取ることだと　郷愁からぬけ出すことは
命を救い出すことだと　本当は考えていたのだった
それなのにエラブガの梁には
絶望の吊り鉤があった
百年後の私は　止めどない涙のなかにあなたを探し当てた

一九四一年八月の最後の一日
陽の光はあなたの垂れ下がった脚を照らし
あなたの縮れた髪は中空の草だった
あなたは知らなかった　そのすぐ後に　別の場所で
夫と子供があなたと相見えることになろうとは

あなたは死の吊り鉤なのだった
そこはエラブガ!!

＊マリーナ・ツヴェターエワ＝一八九二年生まれのロシアの詩人。西欧に亡命の後、ソ連に帰国するが、一九四一年疎開先のタタール自治共和国のエラブガで縊死。

エジプト妖艶女王

あなたの身体が麻の布をまとえば　それは
千軍万馬に匹敵した
まるで東方のシルクが
幾多の国家を覆してきたかのようだった

あなたの濃いアイシャドウは
広大な領土
ローマからエジプトまで
ナイル川から地中海まで
あなたは金貨と
その胸像を征服した

偉大な魂や

高貴な
宝剣に
至るまで
カエサルからアントニーまで
みんなあなたの唇の愛にとろけた
そしてあなたの蛇のような舌に　絡め取られた

英雄の落ちぶれた姿は
あなたの陵墓の輝き　そして貫禄という成果となった
愛とは　血の涙の
混ざった夢想なのだった
戦いと死を経てあなたの微笑みのなかに
生きのびてきた

二〇一四年一月十三日　夜

朝まだき四時のブライ[*1]

朝まだき四時のブライは
秋の暮れの蚊を派遣して私の目を覚まし
濃い色のチョコレートの塊は
ロバの耳のたてがみをつかまえた
ブライは　彼の裁判は
「千年の楽しみだ」と言った

私はたちまち雪の大地の静けさを学び
身の回りにミネソタの風景を探し求めたが
草の根元で熟睡中の大蛇ボアをびっくりさせそうで心配だった
ブライの陽の光と力は
私をアティッラ・ヨージェフ[*2]の死からひっぱり出したが
ボードレールの倦怠感の蓋を取り

詩人たちの憂愁と絶望の覆いを取るのではないかと心配だった
猟犬のように積極的なブライは
言葉で燻されて黒くなった私の傷口を舐めていた

もう不眠を恐れなかった
もともとどの言葉も安らかに光りを帯びていていいのだ
対岸から気ままに揺られてきたブライの海賊船は
海の幸と宝石を満載し
漁師の誇りを
パンに塗るのだった

＊1　ロバート・ブライ＝アメリカの詩人。一九二六年生まれ。
＊2　アティッラ・ヨージェフ＝ハンガリーの詩人。一九〇五〜一九三七年。

ボードレール

あなたはあらゆる娼婦の乳房を吸って干乾びたユズにした
あなたは彼女たちの腕の水を絞り取った
あなたは　蛆虫の群が生い茂る大樹を
這い登り覆い尽くしているのを見た
あなたはその枝で高らかに歌い
その声は十九世紀の全体に響き渡った

あなたの善良は金銭と同じように惜し気もなく撒き散らされた
パリの街角の病弱な花たちは
固陋な道徳家の目に突き刺さり
あなたはステッキで地を打っては
その憤怒を
女の身体に吐露した

あなたは正にそのように這いずりながら
美しい猫へ這い上がっていった
そこにはあなたの限りない優しさがあった
ボードレール
あなたは最後には母のふところに倒れ込み
始まりを　それが終わりになるように変えて
終わりからもう一度始めざるを得なかった

二〇〇八年八月二十日

セーデルグラン*

いま私はラスベガスのバルコニーの椅子に腰をおろし
昨夜の盛り場の華やぎが感官の天国に消えてゆくのを眺め
或いは昨日サンフランシスコ飛行場で乗った機体の窓を眺め
夜明けの飛行機が鯨のように優雅に往来するのを眺めている
振り向いて瞳を転ずれば
あなたは百年の時を突き抜けてくる
いまも変わらずにハープを抱え心穏やかに神の足下に腰をおろして
天使のように歌っている

あなたは天の梯子の一部分
あなたが通った道にはイバラと花輪が残り
あなたを刺して傷つけたものの幾つかは今も私たちを刺して傷つける
あなたが歌ったものを私たちはあなたの後から今も歌っている

でも私たちにハープはない
私たちは繁栄する廃墟で
夢の世界を頼りにしてこそ
やっとバラと星のあるあなたの身辺まで戻って行ける

あなたの呼びかけに応じた無数の読者は
百年前にあなたが撒いた花びらの香りを吸う
あなたの飢えと咳は
あなたの詩の滋養になった
私たちは万里を遠いと思わず荒野に鹿を追う
百年前にあなたが振り向いたその瞳に
正面から遭遇できるようにするそれだけのために

二〇〇九年四月二十日　早朝　ラスベガス

＊セーデルグラン＝一八九二〜一九二三年。フィンランド女性詩人。スウェーデンに生まれ、スウェーデン語で詩を書く。北欧文学史における最も早い時期のモダニズム詩人。

カフカ

私という存在は怪しげなものになり
このプラハ　あなたは街を甲虫のように
うろついて私の後についてくる
私は雪の地からもどって来られない
馬車は空が暗くなる前にとっくに走り去っている

私は砦の町にやって来てあなたに会い、あなたの暮らした
それぞれの場所にあなたを尋ね、墓地を探し当てた
ドーラ[*1]はもう私より先に来ていて、測量士K[*2]までも
そこにいて　私は気が重くなった
明らかなことだった　しきりに邪魔が入って
あなたは長期の不眠に陥っていた
父は　自分の生存中には予想もできなかった息子の成功について

鼻先で冷ややかに笑ったのだった

私は判決を下すことはしない
たとえあなたが全プラハの美女を求めたとしても
栄誉を吊るすその組み紐には、驚き恐れる魂　と書かれている
ドーラよ、その墓に跳び込みなさい
死は、真実
正常この上ないことであり、今生に
いよいよ確かさを加えるものだ

＊1　ドーラ・ディアマント＝カフカの最後の恋人と言われる女性。
＊2　測量士K＝カフカの未完の長編小説『城』の主人公。

マンデラ

あなたはついに化石に変わり
南アフリカの博物館に置かれることになった
光は　獄中二十七年の生涯をつらぬいて
王子の理想を
現実の神話へと変えたのだった

あなたはモグラのように地下の一切を研究してきた
海洋と炎熱の魚類も
少々冷たい氷のような紙切れと
めったに見ない苔もいっしょにまとめて

そのときあなたの皮膚の色は神の暗示なのだった
侵略は外面から始まり

乾いたアフリカを丸ごと呑み込んだ
元を言えばあなたは祖先がしたように
二十九人の妻を娶り
子供を牛や羊同様に
砂漠のテントに放っておいてもよかったのだ
一切は表象が代表していたと
祖先はそれまでずっと知らなかったのだ
ちょうど　かつては売られたというあなたたちの歴史が
屠殺用刃物のように血腥いものだったことを
後の世代が理解しないのと同じだ

ナッシュ*

私はあなたの非現実的な真実に魅かれます
それらはこんなにも真に迫り
生活の方式に参画し構築していたのです

もしも本当に数字　句読点　記号があるならば
それらはあなたの窓の隙間から滑り落ち
機に乗じてガラスの炸裂を引き起こすのです
あなたの授業机には　一つ一つ数えて記された歳月の重なりがみんな
愉快なヒステリーの陽射しの午後に
粉骨砕身　でもあなたは　心を傷めるわけでもなく　また楽しくもないのです

空気は解脱しています

仮想の迫害があなたに新たな羞恥を生じさせます
あなたは自分自身と駆け引きをし　自分自身の気づきの内にいます
居酒屋はコーヒーといっしょに狂い踊り
そうした後で　彼らはあなたに言うでしょう　政治、軍事、貿易の折衝中だと
あなたはその内に隠れます　優秀な公然のスパイが
数字の進展とミサイルの精度を思いのままにするように

でもその表彰台　ノーベルのストックホルムで
あなたは双眸と精神一つを有していただけであり　一言述べただけであり
人をつき動かすその愛は現実を造ることに参画していたのです
幽霊については　あなたと同じ影とずっと駆け引きして止まないのです
あなたは一瞥して　見落とすことを選んで
ドアから踏み出すのです

二〇一七年九月二十七日　貴陽北京間の機上

＊ナッシュ＝アメリカの数学者ジョン・ナッシュ。一九二八～二〇一五年。一九九四年「非協力ゲームの理論における均衡の先駆的な分析」によってノーベル経済学賞受賞。

III

伯父

病弱な伯父は畦道を歩いていった
彼の前には元気そうな羊の群れが歩いていた
それは或いは色とりどりのアヒルの群だったりした
或いは気性の暗い灰色ロバだったりした
彼とそれらは　アリたちが熟知しているその咳と共に
いかにも田舎という絵をなしていた

伯父は若いころは勇ましくて強く
我慢のならないことがあって女房を殴り
身体中傷だらけにしてしまったそうだ
ところがどの季節のことだったか　伯父は急に激しく咳き込み
いつ止むとも知れないような風が二十年余りも吹いた
それからは荒々しい女房が天秤棒を手に

村の池の周りを逃げ回る伯父を追いかけては打つのだった
尊厳を失わせる池の周りの柳の木　騒ぎを目にする人々
ともに　伯父に悲哀を感じさせる昔のこととなった

池は澄んだ水から濁った水に変わり
終に　脱穀作業場の頭上にきらめく星の光と彼の物語は
ともに色褪せてしまい　もう存在しない
伯父はあるありふれた夜に
激しく突き上げてくる痰にすっかり行き場を塞がれてしまった
壁に残った手の跡は頼るところもなく下方へ滑り落ちていた
伯父の丸く縮こまった人生は　まるで
途切れ途切れで落ち着けなくて蒼ざめて
継ぎ当てだらけになった息づかいのようだった

伯父の娘たちは
雨後の筍のように成長した
それが伯父のたった一つの喜びだった

彼方からの便り

彼方からの便りは私たちの猶予期間を延長してくれるけれども
私たちはもう疲労困憊している

声に漬け込まれている語句は
まるで光の速度で心のところまでやって来る
ちっぽけな売店で
私の脚はフットライトを踏んで
手のいい加減さを伝えてくる

花はそれぞれそれ相応に待ってから以前どおりに咲いて散っている
料理店のネオンは依然としてそれ相応にきらめいている
海辺のことを空想するのは無口な祝祭日を楽しむときだけで
私たちは慌ただしく通り過ぎる

型どおりの形式のなかには付き合い方が見つからない

彼方からの便りは磁気を帯びた空気によって隔てられ
聞けば　ちょうどそのとき空気は節操が失われているのだと言う
飛行機だろうと汽車だろうとどれも貞節がちょっぴり強奪されているのだと言う
それで故郷の思わせぶりな様子と汚れには彼方と似たところがあるのだ
用心しても永遠に防ぎようがないのは川いっぱいに繁茂して驕る水草
あなたは公園の涼み台に腰掛けて
果てしなく広い自然の風光を想い描いてよいのだ
彼方からの便りはもしかしたらもう重要ではなくなっているのかも知れない

一九九六年

ずっしり重い故郷への手紙

私は部屋ごとすっかりお二人に郵送します
親愛なる父さん母さん
その中には私の四年間の呼吸が集められています
あらゆる困苦と涙はもう乾かしてあり
憂鬱なほこりも入念に拭き取ってあります

家族の皆はいかがですか
真っ青な空と背戸の清らかな分葱《わけぎ》
そして忘れ草の夏の艶やかな黄色
父さん母さん　お二人は私が遠くへ行くことを黙認してくれたのでしたか
莢インゲンの畑で無理して見せた楽しげな笑顔
物言わぬ菜種畑のなかの父さんの無言
いまの私にこの不健康な部屋の他に何があるというのでしょう

都市のネオンを収穫してあなた方に郵送することはできません
そこの華やかな賑わいをつかみ取ることはできません
私はあなた方の何時までも変わることのない細くてか弱い娘です
お二人に郵送した写真は都市のコートを着ているというだけです

ニンニクの若芽は曲りくねる畝でやっぱり初々しく輝いていますか
ピーマンはたわわに垂れて腰を屈めていますか
一番気掛かりなのは私が出てきたころに植えたばかりの果物の苗です
梨の花は今はもういっぱいに咲いて緑の葉はひらひらしていますか

母さん　あなたはもう
何度も言い争いをしたことを忘れてしまいましたか
川原が深夜と対峙しているランプの灯りのなかで
私は理想を胸に押し込み　あなたの長いお喋りに耳を傾けることはありませんでした
私にはあなたが決めた道筋に従って生活に足を踏み入れるという方法はなかった
私にはあなたがきれいに描いた景色のなかを空へ飛んでゆくという方法はなかった
でもいま私は遠く離れた都市でくたくたに疲れ果て
かつて抱いた理想も暗くぼやけて流失し

あなたと言い争いになった理由も行き場のないものになりました
母さん　許して下さい
あなたはそのことで私とまた言い争いをするでしょうか

私は星が生き生きときらめく生活を腋に抱えています
私は苦しむ無援の憂鬱な表情を掌に握っています
私は成長して父さんの植えた木になりたい　母さんの立てた旗になりたい
父さん母さん　お二人のためにこの部屋のしつらえをしましたが
郵便に出す前に
もう一度真新しい色を塗りました
私は遠い遥かな田畑のふちのお二人を
植物由来の　目映い夕焼けのなかの健やかな誇らしい気分にしたいのです

でもお二人はきっと知らないでしょう
部屋を郵送した後の夜　私が独りぼっちで寒さにはまり込み
最後には　帰って行ける家のない雲のように
都市の空中に倒れ込んでしまうことを

一九九六年

干乾びたカマキリ

干乾びたカマキリが年老いた姿を見せている
緑色の血は依然としてきらきら透き通り
記憶可能な無数の細部はどれもこれも
面と向かう魚の骨のようにきらきら光っている
郵便ポストを開けると
何十年もの郵便物が心の倉庫いっぱいに積み上げられ
息も絶え絶えの恋人は
もうドアをノックする力もない

辺りいっぱいに吸い殻の散らかった部屋は
すでに綿けむりで荷造りされている
霞のなかに花の咲き誇る季節
歳月のうちに緑色の芳しい香りが舞い上がり

いまのカマキリは私の枯草同然の髪とすっかり同じ
細く痩せた脚は少しずつ縮んでゆく
褐色の季節がその緑の目に這い上がってくる
老いてゆく愛しのカマキリ
私の心には皺がびっしり
私たちは手をつないで素晴らしいひと時を
共に過ごすことができるだろうか

私の掌は風雨が通り過ぎていった葉
陽の光のたっぷり注ぐ舞台は滅多にないのだ
かつて私の脚はおまえの身体のように透明だった
いま根はもう年老い蔓もまた腐れ朽ち
リズミカルで心地よい歌声はとぎれとぎれ

カマキリ　カマキリ
まだ少しでも力のあるうちにどうか手に絵筆を持って
緑色に包まれた私の郵便箱に這い登って入ってほしい
私は白髪の果てしない街に立ち

彼方の光を見つめる

一九九六年

御子よ――束の間人の世に来臨してくれた子に捧げる

あなたは一輪の純白の蓮の花
私の血液の海に美しく透きとおって咲いた
その夜あなたの出生はあらゆるきらめきを
落胆させて闇に沈めた

あなたは神々しい光のなかに横たわり透きとおっていた
私の心は三十年修練してきた花壇
あなたの為に花咲く枝を三十年間剪り整えてきた
三十年道を説いてきたのは
ただあなたの小さな命を迎えるためだった

でも以前の母は奔放な鹿だった
熱情あふれる土地を毎日駆け回っていた
陽の光の下の青々とした野草は

都市の腐乱した臭いを気にすることなく
すでに私たちの空気との戦いを展開していたのに
そんなとき私は都市の文明のなかで
注意を怠ったままあなたを産み落とした

御子よ
土に落ちたあらゆる草の種はその夜
人の心を痛ましくさせる悲しげな鳴き声を聞いた
母親というものは愚かな鹿だ
私に川の流れを全部下さい　神よ
私はとても喉が渇いています

あなたの黒い目ときめ細かく作られた小さな手は
この暗い夜にもう一つのランプになっている
星はあらゆる鳥獣昆虫を集め
洗礼の聖歌のうちに
あなたの束の間の来臨のために祈り歌っている

一九九九年十二月

再度創業

別荘の陽の光は日記のなかで終いにした
大股で闊歩した都市のにぎわいは箱の底の印にした
力を少しばかりしっかり蓄えた後で
もう一度畦道に戻り
丸々とはち切れそうな稲穂を籠の中に入れた

水田には水路が縦横に通っていたのに
私が土を起こす犂にはほんとうに鋭さが足りなかった
村ではあちこちに噂が流れ
私の名前は飯をかき込むときの漬物のように
あちらで噛み砕かれこちらで噛み砕かれた

その年の冬は何という寒さだったことか

数え切れない驢馬が突如私の田畑と原野に暴れ込み
土地はペラペラにカチカチに平たくならされてしまった
私は草の根の下で人知れず心を痛めた

大きな蚤が高脚踊りを踊って
村芝居の台詞を歌っていた
村の東の端から西の端まで
私が保存していた種と農具を一つ残らずかき集めた
風の中にはまだ春の便りが残り
菜の花は一面に目映く
その香りは空を舞って町なかに入り
絶え間なく往来する人たちが蝶のように飛んできた

花の蜜は村のみんなの唇に糊のようにくっ付いていた
都会の歌は打ちひしがれた私の以前の心を慰めようと企んでいた
マグネシウム灯は空の端の看板に火傷を負わせていた
騒がしい声のなかで
私の翼はいつになく冷静だった

スズメバチが一匹村近くの荒野《あれの》をいつまでもぐるぐる回り
その地域の繁栄をのぞき見していた
空の穏やかさは山菜をゆったりさせ
山菜籠は次の始まりでしかなく
彼方は私の次の足跡だった

スズメバチは終には野のむこうへ戻るだろう
驢馬たちはまた別の田畑と原野で走るほどに楽しくなるだろう
私が巡り会うのは虚無だとしても
ただ土地と菜の花だけには
次から次へと何かが生じて止むことがない
大気の香りは途切れることがない

二〇〇九年一月二日

お祖母さん

一

お祖母さん　あなたの孫のお供をしてお目にかかりにきました
あなたは身体を伸ばしてそこに横たわっていました
すらりと美しく　まるでスカートの裑《みごろ》が微かに揺れるようでした
あなたは大広間にもどり
お祖父さんの傍らに姿勢を正したのでした

あなたの琴碁書画の素養はきっとお祖父さんを夢中にさせたことでしょう
紅おしろいの香りも添えて
お祖父さんの独りぼっちの夜に　食事をもたらしたのでした
芝居役者、三人のお妾さん、特別視するまなざし
それらはどれも重要ではありませんでした　お祖母さんは

男のがっしりした腕を抱え　その方が
祖廟の位牌よりもいっそう重要なのでした

お祖母さん　あなたは今は虚しいお祖父さんと共に身体を横たえたのです
思わぬ出来事に　お祖父さんは　分かっていないのでした
御大尽の家の繻子薄絹綾織り緞子から
微生物の充満する草の藁が褥になるという　その行く末が
お祖母さん　あなたは満身のかさぶたを除いたらどんな抗議ができたというの?
あなたの十六歳の息子は一夜にして成人しました
あなたは　彼が家庭の責任を引き受けるよう促すような
そういうやり方を用いようと思ったことがないのでした

二

風はあなたの袖口から吹き込んできます　お祖母さん
舞台がそのように真実のないものに変わっても　あなたは過去にもどれませんでした
温和で優雅なお祖父さんのために　あなたは夜を支え尽くしました
それらの夜は　その国民党の知識人に残しておいたのでした
お祖父さんは妻子を連れて山中に逃れ

あなたを隠してあなたを美しく装ったのでした

もしその時いっしょに台湾へ行ったとしたら？
お祖母さん　こんな仮定に何の意味があるというのでしょう？
お祖父さんは必ずやあなたと相談したか
或いは三部屋の奥方を招集して討論したことでしょう
彼は見越していたのでしょう　あなたはきっと風雪に耐えられない花なのだと
それが彼の心中の結論　将来に関する心痛なのでした

あなたはぐずぐずしてはいられないかのように美しいまま若くして世を去りました
彼の気懸かりを証明しようとしたのですか？　あなたは知らないのですか
閉じ込められた場所で彼は苦しげに壁を叩いたに違いないということを？

三

お祖父さんは落ち着いて悠然と連れていかれましたか？
それはきっと夢の中で数え切れないほど何回も演じられた姿でしょう
お祖父さんは心で言っていたでしょう　私は如何なる党派にも所属していない
ただ知識に属しているだけだ　尊厳と気骨を

少し残しておいてくれと　でも　それが役に立ったのでしょうか？
お祖母さん　あなたの爪にもどって下さい
あなたの紅いくちびる　緑のスカーフ　あなたの抱いていた偏愛は
今の私にとても多くなりましたよ　あなたと草木・茨のことは
互いに許し合うということにしましょう
今　それらは広々とした山野であなたのお伴をしています
どうやらあなたとそれらはしっくりしない縁だと言えるでしょう

私たちはみんな知っています
夜の間　お祖父さんはずっとあなたの傍らにいますよ

四

お祖母さん　棺のまえの幟は何を表明することができたのでしょう？
あなたの孫は四回の焼香で香を満ちあふれさせ
そうして紅い爆竹と燃える紙銭を奉げていました
その音に驚いてあなたが取り乱さないかと心配でした　あなたの孫が
気持ちを覆い隠しているのが分かりました（彼はすでに祖先の名を高めましたが）

家族の辛さ悲しさに私に関わりません
でも　お祖母さん
言葉で言い表せないほど私はあなたが好きです
お祖父さんがあなたを娶った時の銅鑼の音・太鼓の音のようです　お祖母さん
私はいま飛行機に乗っています
ちょうどあなたがその年に花駕籠に乗り
嫁いでいった　その時のようです
あなたの山と野を離れる時
あなたがお祖父さんに歌ってあげるのが聞こえました
心地よく　悲しくも美しく　ちょうど天の音のようです
中空を　心を揺さぶるように
こだましています

御悔み

誰《た》が家の群れ雀　霧のなかを飛ぶ
思えばそれはナイフだ　歳月のふちを切り取っている
そこの花は　想像を超えるほどに色鮮やかだ
もう一つの世界は　かまどの内側で　口のなかへ入れる
もしも真心がちょうど最後の喘ぎのようであるならば
中空の蜘蛛の糸は　骨髄から分離してくる
それらの痛みも　隔絶され
音をたてて流れる川だけが残され　山で堰き止められ
土地およびその心は
ゆっくりゆっくり枯れてゆく

それは一つの終わり　一つの円　近海または
海洋の一跨ぎ　満場の子供の見つめるなか

一生の困難と苦しみはすっかり無くなり　幸福は
まるで隣室の騒々しい銅鑼太鼓のよう
形式は内容から遥かにかけ離れている

鮮やかで美しい笑い声のなかに戻れば
そこに横たわっているものが　どの人よりも心底よく分かる
眠り込めば　生活は別のスタイルで継続するだけだ
だが　理性はいっそう増し　心から孤独を愛し
もう下品な物質と精神とに邪魔されることはない
高品質の優れた武器は　どれも全部沈黙を選ぶということになり
こちらからあちらへ
西から東へ

二〇一七年九月二十七日　貴陽北京間の機上

空高く揺られて

その度に
まるで自分の墓の傍らをぐるぐる回るようだ
ジェットコースターみたいにごうごう
切り立った崖の至近を疾走してよぎる

落下傘が空中でキノコみたいに満開になるのを想像する
下は高山か大海か分からない
つまり雲を一つ突き抜けたら
もしかして沼に落ちて
また別のプロセスで自分を終えるのかも知れない

その度に
取っ手をひしとつかんで目を閉じて祈る

一秒という時間を使って一生を回想する
感謝すべき人に感謝し
許すべき人を許し
自分を許して下さるよう最後に神にお願いする
空中で審判を待つ
平静になったあと私たちは人の流れに足を踏み入れる
飛行機が揺れ動いたことはすっかり忘れ去られる

二〇〇九年四月十五日　機内

スポンジの重さ

君が若い理想を胸元に抱くとき
スポンジの重さは
翼の重さ

後ろ髪引かれる想いを愛惜するとき
事業の波が胸元に寄せてくるとき
果樹が必ず花を咲かせ実を結ぶだろうというとき
スポンジの重さは
飛翔の重さ

貝殻がどうしても岸に上がりたいというとき
潮は是非にも満ち引きを繰り返したいだろう
桜の花が必ず四月に満開になるというとき

スポンジの重さは
左側から右側へ移動する重さ

アメリカが発見される運命にあったとき
爪は伸びてくる運命だった
ブルーノが焼き殺される運命にあったとき
スポンジの重さは
一グラムの脳の重さだった

乳房が豊満になるという運命にあるとき
クロハゲワシは荒涼としてうら寂しいものになるのが運命だ
砂漠とオアシスが同時に存在するという運命にあるとき
スポンジの重さは
ひとひらの雲の重さだ

スポンジの重さは一人一人の心のうちにある
青空の重さのようで
海の重さのようで

空気の重さのようで
一つの心がもう一つの心を
懐かしく偲ぶ血液の重さのようだ

二〇〇九年五月十九日

残りものになる

流行りのファッション
素朴は
残りものになる

嘘で騙して権力を横取りする
忠誠と真心は
残りものになる

愛人が寵愛される
正妻は
残りものになる

容赦ない破壊を楽しむ

詩人は
残りものになる
独裁が横行する
民主は
残りものになる
ニュースの時代
歴史は
残りものになる
あなたはいない
私は
残りものになる

二〇一二年一月一日　北京

満タンポケット

ああクソッタレだよ
――溝油《どぶ》
私のペンは嘔吐しそうだよ
ああクソッタレだよ

――メラミン樹脂
後の世代は身震いをしている
工業用赤色染料スーダンレッド
太陽もあなた達のために涙を流している
我が同胞《はらから》
祖国の満タンポケットは虚無を詰め込んでいるのだ

雷はどうしておまえの身辺の木だけに落ちてくるのか

大地の裂けるときどうしておまえは汶河にいないのか
この世に最も卑劣な動物もおまえの恥知らずには及ばない
私はとても耳が痛いよ
何故って避妊薬が養魚池に撒き入れられたと聞いたんだよ

希望のリンゴは埋めておこう
まだ農薬の毒が土地を殺してしまわないうちに
或いは風でカモメが干からびてしまわないうちに
陽の光がまだ大気を通り抜けられるうちに

二〇一二年一月三日　淮安

吸い玉（カッピング）

それは私の胸パッド
それは私の背中の千軍万馬
気が無酸素の吸い玉の中を
疾走し
見えざる手が
急性病と親密になっている

血は　丹田を通って流れている
心は　荒野に落ち
大伽藍が
広々とした背中に倒れ
吸い玉は
全身を巡り

私は傷痕累々のうちに
健康を回復する

二〇一二年七月十六日

元に戻る

雲は青空へ戻らせよう
川は海へ流れ込ませよう
蟻は自分の巣穴の前へ戻らせよう
星は言う　元に戻って
自分が光を発した位置を見つけ出すのだと

風は低い声で歌っている
雨は心のなかを打ち明けている
皮膚の下の暗い流れはどれも
ひそやかな声におとなしく従って
元に戻ってゆく

雲と雲の鉢合わせは雷鳴となる

人と人の思いがけない出会いは多分過ちなのだろう
花が触れたなら優しい心ができ上がり
葉の柔らかなキスは却って頭に傷を付けることになる

元に戻る
元に戻る
夜の長い道が元に戻るその歌を揺らめかせている

元に戻る
脚は靴のなかへ戻らせよう
波は海上へ戻らせよう

中秋・自画像

私は自分の魚雷に命中される
楽しく笑う月は
これまでずっと自分の純潔のことを語らず
皆の想い描く高尚よりも遠くにいる

私は私自身の兄弟姉妹だ
都市の裂け目は
影の負担になってはいけない
中秋は　遥かな湖上で
麗しい愛に入り込む

もちろん　今年は飛行機に乗り
月にはいっそう近く　一万メートルの高空は

恐くて取り乱し　フリーダ・カーロ*
それにサロメ　あなたたちの物語で
大鳥の外側をちょっと温める

私は私自身のハサミ
ヒゲの根元から
犂の耕し方を学び取る

ボヘミアのライオンに学び
今日開始　詩人となり
自分がいい加減だと思うことをして
解説無用

その後に　広々と果てしない靴を手に下げ
大声で叫んで一路ローマに到る

*フリーダ・カーロ＝メキシコの画家（女性）。一九〇七～一九五四年。

中年の継ぎ当て

無垢の振りをしたコソ泥が
手当たり次第にあなたの庭の果実を摘み取り
劣悪な香りが寂しいエプロンを通り過ぎていった
蜜蜂がこっそり音も立てずにあなたの帽子を刺していった
あなたは来年になって　やっと気付くのだ
泥棒の残したものが　傷穴だったということに

智者

私は　あなたのフロントグラスから　あなたの額から
電気石のドアアイと麒麟の鎧兜から
考える間もなく滑り落ち　形式と内容は
菊の花の内部から分裂し始め　あなたの皺は
隠れた歌に通じている

沈黙はどきどきする酵素
あなたはあなたの襟の後ろ側に存在し　そしてレンズの裏側から
不可欠のパフォーマンスには寛大　あなたの包みはいつも明らかに重すぎる
それはあなたの足取りと大地に触れる感覚を　衆人とは違うものにする
私は古い物語の腰の部分から開始し　文字と記憶の混戦に耳を傾ける
わずかな関心を　拡声器から屋外の木橋に漏らす
染付け陶器の下地を　清朝の風の方へ逃がす

存在と虚無　頭と頭髪　人と死者それ以外の一切
握手の別れ　天国と地獄が混ざり合って入口一つ　何てこと　すっかり滅茶苦茶　ねえ

一九八九年の西川

刃物がその一日を切り離した
それはきらめいて二人の親友の間に
落下していった

西川は唇を噛んでは
一言も発せないほどに慌しくなり
その長い髪は悲痛の余り死を願うほどになり
ただ一晩中
石を齧るより他になかった

山海関のレールは蛇のように冷たかった
その三月が駱一禾の手を噛んで傷を残し
その毒が五月になって暴れたのだった

こうして
一九八九年の春
西川は二つの霊安室の白色に火傷して
幽霊のように夏へと歩み入った

二〇一二年二月五日

木材と馬の尻尾*

一

あなたはその流れを見ましたか？
私はその森で
幹の分岐に漏れてくるきらめきを
野生の馬のように追いかけていきました
陽が西へ沈んでゆくとき　私は追いすがって夕陽のなかへ入り
ひしと纏いついて夜の気配のなかへ
悲嘆にくれる歌のようにこだましていきました

そのとき私はあなたに出会いました
あなたは草原をそっくり取り返しました
あなたは全身の羽をパタパタさせながら　川の畔で

神秘の面持ちで波の田野を犂返していました
私はこの一生に　多くの屈強な歌を用いなければなりませんが
そのようにしてはじめて心のなかの弱さを覆い隠せるというのでしょうか？

二

虎は私を追い続け
鏡と夢幻を通り抜けていきました
私は森のなかを駆け回り
引っ掛け罠の待ち伏せ縄に何度も倒されました

何が酒なのか分かりませんでしたが
山のあらゆる果実を味わってみました
あなたに出遭うときになって
私は初めて世界のことが気懸かりになりました

鷹は飛翔し続け
私が見たことのない世界を旋回し
美しい鯨が海水を跳び越える様さえ

見て　水面下に斧の音を聞きました
斧は木をたたき切り　青苔をたたき切り
蜂の巣をたたき切っていました

私はあなたが涙を流す音を聞きました

三

では私はどのようにして一切れの蓮根のなかに
あなたの呼吸　あなたの花托　あなたの緑色を探し出しましょう？
それは切っても切っても途切れないあなたの思いなのでしょうか？
私がかつてあなたの笑顔を踏みつけて遮ったことを許して下さい
あなたは私の悲鳴のうちを世界の果てまで行ったことがあるのです
そこで刈り取りをすれば　耳に快くて透き通ってきて
あなたは少しの皺と火の手は許すでしょう
雨は少しばかり
いつもちょうどよいところへやって来ます

私は茫然としたことがあるのでしょうか？

つばの広い笠をかぶり　月の光を避けています
私は歌を歌って海まで行こうと思いますが
あなたはまるで美しい高級椎茸「花どんこ」のように
やっぱり私の森のなかに生長します　親愛なる人よ
私は遠くへは行けません　私はすぐ隣の山にいます

あなたには私のもやもやが見えるでしょう
私の鱗　そしてきっと泣き出すに違いない心臓が見えるでしょう

四

私は終には琴の音のうちにあなたを探し出すことができるでしょうか？
太鼓が導くリズムのうちに　狩場の殺し合いのなかに
木材と馬の尻尾の　互いの頼り合いと苦しめ合いのなかに
泣くような訴えるようなその愛には
互いの魂の痛みが聞こえます
私はビンのなかに端坐して
あなたのきれいな笑顔が見られるのを期待します
それはあなたの草原　親愛なる人よ

山頂では　あなたは女王のように復活を果たしました
露の滴はあなたの美味しい飲み物　薔薇はあなたの御馳走
私は汚れた乞食のように
あなたの真っ白な背中に高貴な足跡を残しました
私にはあなたが私を深く愛していることが分かります
ちょうど私が片時もあなた無しではいられないのと同じです

五

天使もいつかは私たちの間に降臨します
だから私は跪いてすべての山河砂漠湖沼に礼を言い
きらめく星きらめかない星　あらゆる星に跪いて感謝します
私を悩ませて止まない蚊にさえ日々跪いて感謝します
一切の命ある木材と
今は存在していない馬よ　有難う

私は心のなかの虎を解き放ち
鯨を抱きしめることを開始します
私はそれを歌のなかに嵌め込んで

遠い山野にあるあなたの扉をノックして開けます

二〇一五年六月十四日　午後
貴陽～南京間の机上　十六時～十八時

*木材と馬の尻尾＝民族楽器（琴の一種）を指している。木材と馬の尻尾で作られているということ。

復活

蝶の羽がひらひらしていると
日はとうに突き当りに至り　神が仕事に取りかかる
もう一つの灯りを点し　早速それを育てる
月は　丸くなってはまた欠け　欠けてはまた丸くなり
人は　集まってはまた散り　別れてはまた会う
別れを告げる声は雨音を覆い　夢は
土砂降りの雨粒のように
集まって洪水となっても　一日の隔たりがあれば　最初のように澄み渡る
あなたはもちろん一日の大半の時間を占有する
心の強い痛みは　水銀のようで
馬の蹄がアフリカでドコドコ音をたてている
私は清らかな木と同居し
神仙が私たちの間を照らしている

あなたは奇跡の出現を期待することはできない　けれども奇跡は
身の回りにこそあり　国土の遥かな広がりから
偲ぶ思いの細胞の一つ一つまで
愛は気がおかしくなってゆく過程を歩ききる
私は手をあなたにあげることはできない　なぜなら
爪が昨日を売りに出したところ　昨日は
古い日用品の山に隠れ
押し黙って何も語らないから

二〇一七年十月五日　深夜　淮安

花の告白

空が暗くなってくると　水は静まり始め
月は雲の後ろに隠れ
鞍から離れられない　生命は古道のもう一方の端から
すでに伝えられている　根と花には
離れる傷の痛みの苦しみ

玉　落下したら　一文の値打ちもなくなる
玉は持ち主の記憶のなかで拭い取られるだろう
玉は　引き続き生命に優しくしているが　生命は
すでに行方不明

花は　このとき告白する
あらゆるキスは　みな記憶になり

どっと取り囲む涙は
川床に腹這いになり　葉は
すっかり光を遮っている

馬は　花を噛んでいる
空は　暗くなってくる

二〇一七年十月五日　深夜　淮安

眠りの前の物語

異なる季節が一輪の花の上に咲き
シルエットの絵は名残りを惜しみ
酒と歌声がその
広漠とした寂しさを覆う
太っちょが蟹の山のなかに座り
花の枝が震え乱れるほどに幸せ　美女を添えられて

毛並みのふさふさ美しい犬が
塩と肉の反目をなぞっている
光陰のなみなみと注がれた杯は遥かな場所にある時間
今夜は　明け方に萎んで散るバラを許すように
放縦の振る舞いを許してほしい

だから　仲違いさせられた葉っぱはどれも修復可能だ
涙は空気同様に清々しい
純潔はどうしたらよいか分からない帽子
あなたは装いなさい　見せかけなさい
世界があなたを知らないというまで見せかけなさい　そうして
ここに来て　復活しなさい

過去に戻るドアはない
美女の手は
毒を以て毒を制する唯一のあなたの処方箋
眠りの前の物語は　やっと始まったばかり

二〇一七年十月十日　午前　南京

確信する

耕地のどんな荒れ放題を経験したなら　終に
あなたを雑草だと見なさなくなるのだろう
山道のどんな険しさを経験してからなら　やっと
平坦な道の芳しさを大切に思うのだろう

どんなふうに酔っ払って道に迷うなら
あなたの容貌は風のような温もりになるのだろう
声を限りに叫んだ後に　あなたは黙る
そうなってこそ一揃いの世界

飢えと寒さがこもごも迫ってくる一粒の麦は
幸福を貪欲に生き
もしも車の轢いたのが星ならば

死ぬのは宇宙
復活するのは　遥かな高さのきらめき

二〇一七年十月十一日　明け方四時　淮安

故地再訪——母校に

それは　そこに置かれたままの島　虫の音　鳥のさえずり
心静かに天命を楽しむ場所が当たり前のようにそこにある
コロラチュラソプラノが音楽棟から流れてくる
空の色は　ぼんやり霞み
数字から小説のなかまで　そこに青春が

そここそ妍を競い　真紅の思いを抱いたところ
貧弱な造りの教室から飾り気のない運動場まで
えんどう豆と落花生　校庭の塀の向こうの景色が
潮のような様相を呈し
若かりし幻想を巧みにこちらへ引き寄せる
私たち自身は　まだ殻を破ってはいない　もしくは
蓮の花はまだ満開にはなっていない　愛と恋は

青く渋いから噛めば噛むほど味わい深くなるところへさしかかり

古ぼけた戸や窓はいま色褪せた靴のよう
島は再三再四船の通り道を変更している
私たちはここを追憶するけれども　方向を探し求めるのではない
魚は昔と変わることなく泳ぐ　風景は元のまま　水だけが変わる
岸辺では　そのときの土　その葦　その歳月が
その後の無関心のなかを　今も変わらずにしきりに行き交う

木の葉が舞い上がって空を覆い　南方の台風が
慌ただしく登録を済ませてゆく　私は自身を心に一度
おさらいし　そして細心の注意で拭き
袖のなかへ入れてやる　それが与えてくれる温もりは
何物にも代えられない
私は　そっと通り過ぎる　日々の風のように
誰かの目に留まることさえない

二〇一七年十月二十日　淮安

酒酔い

杯を上げると
羽目が外れてまるで黄帝　何でも大言壮語

ところが食糧が再び田畑から生えてくると
雹の衝突の痛みを出迎えることになり
杯になみなみと注がれるのは　楽しげな話し声や笑い声だけではなく
その重々しい旅程は　めまいが原因で
味わいを失くしてしまい　翌日には

またもやとびきり新しい飼い葉桶　春の青々とした草が
満ち満ちて　作物は収穫によって
一生の期待が終わりを迎えることになる
生命はこれとは遠く異なっていて　あらゆる食糧が

一度また一度というように参画して
まるでその二日酔いのように　心の扉をどこまでも貫いてくる

酸っぱい甘い苦い辛い　みんな酒の後の廃墟にある
あなたが海上に立てば　真正面から冷たい雨が吹き付ける

植物の粘り強さに関心を払う人はいない
それはちょうど　雨降るなかで涙を分別できる人がいないのと同じ
あなたは長い袖をひらひらさせて　雲の頂まで振り上げ
まんまるな月のために　鋭いへりを隠すことになる

二〇一七年十月二十日　明け方二時三十分　淮安

冬至

黒屋根の苫船は餃子そっくり
紹興は冬の仕込みを始める　穀物から
卓上の美酒へ　南の地から北の地へ
西風は北風へと変わる

海棠は咲き終えている　梅はいまちょうど途上にある
この一日　水は氷り始め　土は凍り始め
太陽は一日ごとに夜を蓄えている　コアラは
冬眠を開始し　北方の松の実は
独りぼっちで樹下に立つ

二〇一七年十一月八日　遵義

駙馬小路

白馬たちは日々絹の毬を抛り捨てていたが
温もりのあるボタンを出迎えることは終になかった
海棠の花が咲いてはまた散り　散ってはまた咲き
あなたは自分の持ち場で故郷を見守り　その十二年の温もりを
十二年の人情の移ろいの頼りなさを　想い起していた

気迫　風采　隠忍　苦労
あなたの半生の従軍は書き尽くそうにも　尽くせないものだ
あなたの心のなかの高山大河のような気概は　まさしくその場所に
あなたの始まりの場所に戻る　駙馬巷から　紹興の
家系に移り　あなたが送り届けた着古しの中国服が
旧中国をとことん打ち砕いたのだった

そこから私が理解するのは　偉大な功績だけ
ではない　あなたの「念奴嬌——赤壁懐古を詠み終えて」[*1]と
「奥深く厳密なもろもろの科学」[*2]に　日本留学とリヨン滞在に
優しい心とやるせなさに　思いが及ぶのだ
詩でどのように讃えたらよいのか分からない　あなたが求めたものは
一貫して　単に讃えられることだけではなかったと　分かっているからだ

夜明けの駙馬小路で　祖父が咳き込んでいる
母は日ごとに痩せて衰弱し　冬至　あなたは親方に
恭しく弟子入りしたが　こっそり様子を窺ってくれる人はなく　駙馬に
書を読む声はなく　江南からの瓦のかけらが道すがら
家の前の川に　滑り落ちるのだった

遠方にいる竇《とう》娥《が》[*3]はまた役所へ行くのだ
「河下古鎮」[*4]はちょうど乾隆帝のあずまやを修繕していた
あなたはすでに掛布団を丸め終え　東北へ行こうとして振り向き
もう一度さっと身内を見て　駙馬巷をちらっと見た
何年も経ってから　故郷の人はその一瞥が

とても深い意味を持っていたに違いないと　やっと分かったのだった

二〇一七年十一月十四日　夜　北京

原注＝周恩来総理は江蘇省淮安市街の駙馬小路に生まれ、十二歳で故郷を離れ、再び戻って来ることはなかった。
＊1、2　「念奴嬌～」、「奥深く～」＝周恩来が日本留学からの帰国を決意し、その送別会で詠んだ七言絶句の、題名と承句からの引用。原文は「大江歌罷掉頭東　邃密群科済世窮　面壁十年図破壁　難酬踏海亦英雄」。
＊3　竇娥＝元の関漢卿の雑劇『竇娥冤』の主人公。封建社会の抑圧された女性の典型。
＊4　「河下古鎮」＝江蘇省淮安市にある古い街並。

砂時計

ちょうどその束の間に　世紀の砂と風雲が
喉を通ってゆく
古道は　無から有になり
時間は　生から死になる
大太刀が振り上げられるとき　希望の絹織物がすばやく
嘯きの声に達し　殺される寸前に助けられる
砂時計も呼吸を止めてしまう

それは郷愁の長さではない　人生もまた
そのように始まりがあり　終わりがあり　あなたは静かに流れる
愛くるしい息切れは　まるで漏れ落ちるときめき
最もあり得ない承諾をアシストすれば
底の部分は　いよいよ深くなり　次の束の間に

時間は元にもどって　新たな始まりになる

二〇一七年十一月十四日　夕方　北京

字面を見れば対面しているかのよう

現実にあるのに形の見えない距離は私たちを顔見知りになれないようにする
木の葉は風のなかでためらっている　大地は何度も促している
郵便ポストはすでに骨董になっている　心はどこへ投函しようか
氷　一重また一重と蓄えられ
雪　もうシベリアに舞い散っている
冬　字面を見れば対面しているかのよう

列挙可能な嘘は真心のこもった微笑み同様に多く
欺きと騙しは天の川に横たわっている
私たちが明らかにした真理は造物主の戯れに過ぎず
あなたが主管するパスワードも関門なのであり
様々な配慮とあれやこれやの骨折りがみな報われたと思われるときに
脚を踏み外してしまう　神

字面を見れば対面しているかのよう

春風そよぐ暖かな日和　もの皆盛りとなり
愛がひそかに成長し　涙が人知れずこぼれ落ちる
あなたの喜びと傷みは他人が代ってあげようがない
娘さん　字面を見れば対面しているかのよう

父母　字面を見れば対面しているかのよう　夫婦　字面を見れば対面しているかのよう
愛と恨みは恋の仇となり　大道は飾り気のない地味なところに行き着く
字面を見れば対面しているかのよう
予想のつかない　終わりと始まり
字面を見れば対面しているかのよう

二〇一七年十一月十八日

子は魚に非ず[*1]——タンチン・ナプチェに

砂漠は　雪に覆われている
あなたの故郷は　風のなかの家
チベット語と仏　仏と来世
足跡によって売り出されたことはない　ツァンヤン・ギャツォ[*2]のようだった
（それよりあらゆる朗詠は涙と哀しみで満たされた）
あなただけは太陽から来る信号をずっと受け取っていた
朝がくるたびに　露は微笑んだ

一〇八座の塔は　あらゆる星辰を収めることができた
それがあなたの宇宙　赤い土と石
私たちはみんなそこに横たわり　心に神聖を抱き
魚が大海から躍り上がるのを　待っている
私たちは目を閉じて　遠くに馬の嘶きを聞き　あなたの呼びかけに呼応する

私たちは他ではないあなたの人生を推し量る　あなたの民族あなたの子孫に
謎々の答えはないようだ　あなたが後の世に伝えた詩と歌は
あなたの信仰を施したが　あなたの信仰は
あなたの不可思議ともいえる失踪のあとに　愛を施した

大海は果たして干上がった　来年の雪は
陽の光のなかを舞い飛び　魚は雪のなかを泳ぐだろう
聖地もうでの豹は一度また一度と門を敲き
馬は　どのようにあなたに呼応したのだろう　あなたと約束した時刻に
充分な沈黙を保っている

だから私たちはサネブト棗のことを理解したのだった　その花は
雨のようにしきりに落ち　その故郷には
野山にあふれるほど広がる見渡す限りの花咲く草の海が残っているだけだった
エネルギーなら　希薄になっている天高くから
直接に太陽に送り与え　草原に与え
魚に与えた　だが魚はいつまでも夢のなかで

息を切らしていた

原注　タンチン・ナプチェ＝モンゴル史上、ツァンヤン・ギャツォという基準に近い人物。モンゴルチベット仏教の伝奇的人物。一生多才多芸、その詩と音楽は極めて広範囲に相伝えられ讃えられている。故郷のタンチン・ナプチェ寺は人々の詣でるところとなっており、そこに横たわればエネルギーが得られると伝えられている。

＊1　「子は魚に非ず」＝『荘子』秋水篇の第十七で、恵子が荘子の言葉に応じた言葉。「君は魚ではない」の意。

＊2　ツァンヤン・ギャツォ＝第六世ダライ・ラマ。一六八三〜一七〇六年。

IV

ダビデ王の弁明

一

我が目は抉り取るべきでした
入浴するその婦人[*1]はキラメキのように
私を燃え上がらせ　城壁の石は
喉の詰まった雲のように
身動きが取れなくなりました

主よ　私はそれがために眠れませんでした
まるでソロモン[*2]に追いかけられる夜のようでした
木を抱え　鳥の巣の傍らに隠れました
どうぞ彼女の乳房を与えたまえ
朝露は要らないと感じました

森を彼女の身に付けさせたかった　丘と藍色の血液は
私を消しに来てほしかった
私の唇を水で潤してほしかった
居たたまれない椅子とベッドの帳を　慰めてほしかった

私が彼女の身体に撒いたのは
芳しい雨でした

二

ヒッタイト人ウリア[*3]は自宅に帰って
私の残した種を拾い上げなければならなかったのです
(婦人は私に妊娠していると告げていました)
それとも種はもう一度土で覆えばよかったのでしょうか　そうすれば
来年の開花とヘタ落ちは筋書き通りにうまくいったのです
だが　この忠実で生真面目な木偶の坊はまるで石頭
自分が死に向かって進むのを表門で眠って待ったのでした

それは私の在りし日の矢でした

私が失くした無数の子羊のうちの一匹でした
私の蹄が踏んできた森と草でした
私の邪まな心はペン先から紙へと流れ
憐れなウリアは自分の死亡書を懐に押し込み
前線に馳せ参じて己の墓の草刈りをしたのでした

私には刹那の慚愧はありましたが
その婦人の酒は濃厚すぎました
私の鉄の矛も鉄の兜も彼女の慕う心のうちに溶けました
私は日々惑溺し
罪の意識に狂喜しました

＊1　その婦人＝バト・シェバ。ウリアの妻。後にダビデの妻となる。
＊2　ソロモン＝父はダビデ王。母はバト・シェバ。
＊3　ウリア＝ダビデ王の軍官。

一九九一年

ダビデとバト・シェバ

ちょうどその時　エルサレムに
バルコニーに　兎が現れた
まだ前線に赴いていないダビデが後ろ手の格好で
自分の城を視察していた　陽は西に傾いていた

入浴するバト・シェバは兎に背を向けていたが
長い髪は腰まで垂れ　腕は艶やかに
その滑らかな光沢が兎に毒気をもたらし
心に湧き上がる限りの恋情が
ダビデの脚を金縛りにした

前線の鬨の声はみんな
水に流れてゆき　敬虔なダビデは

兎の罪深さに取り付かれて
祭壇に躓き倒れた

私とあなた

私とあなたの間は虹に隔てられ
蜜蜂とその羽に隔てられ
四十年の荒野と四百年の荒涼に隔てられています
主よ
紅海は両側に分け隔てられ
あなたは朝霧のなかに降臨しました
私は背くという砂漠のなかで道が分からなくなり
バッタのような
足の不自由になった信念が
真っ暗な夜に悲しみの鳴き声をあげます
これまでずっと剣はなく　釘だけがあり
それはそこ彼処からまっすぐ私の心に打ちつけられました
あなたの茨は燃え

王の冠は葦を抑えて傷つけました
私とあなたは
十字架の血のなかで結合し
その束の間の後に
私とあなたは　光のなかで溶け合いました
あなたは宮殿と谷間から離れ
黙示の幾つかを
私の脳天から生えさせせます

ヨブ

あなたは私の根の部分から奮い立ちます　主よ
大きな腐乱が再び花を咲かせるのです
病は次々に続き
肉親とは次々につながり
あなたは私の涙を貫きとめて鎖にしました
私は土地を叩いています
モーゼが大石を叩いたように叩いています

しかし泥の中から湧き出る泉があります
主よ　あなたはちょうど麦畑の最後の一株を刈り取るように
私の最後の衣服をお持ちいただくことができます
私の血は最後の甘露です
それもいっしょに持っていって下さい　もしお望みでしたら

でも　どうぞ私に夜明けを残し
噛みしめたら腫れて痛む唇を残して下さい
食べ物を噛むほどに苦難がもたらされる歯さえ残して下さい

私はきっと予定より早くベツレヘムに到着し
飼葉桶の中の柔らかな藁になるでしょう
或いは　それを三十年後にずらして
きっと予定より早くエルサレムに到着し
あなたの茨の冠のすべての棘を摘まみ取り
あなたの十字架を背負うもう一人のシモンになるでしょう
或いは　もう一人のマリアになり
沈香、香料をしっかり準備し
あなたの長旅に苦しむ両足に塗ってさしあげるでしょう

これが私の信じる心です　主よ
私に試練を与えるのではなく　一碗の水を下さい
私はそれをあなたに必要な川の流れに
きっと変えましょう

二〇一五年九月十日　南京〜貴陽の机上

鶏の鳴く前

夜は漆黒の石です　主よ
足音がゲッセマネ（油絞り）の園に到着しましたよ
オリーブの木はまだあなたの血がかけられるのを待っているのでしょうか
（それも道理　彼女はほぼ二千年の長寿です）
ユダはすでにあなたを裏切る役割をやり終えました
主よ　持って行けるものは何もないのです

何もないのです
鶏の鳴く前　一切は聖書に言う通りです
すでに万端準備されている子供ロバも
干草でいっぱいの飼い葉桶と棺を埋める穴もみんな

主よ　鶏が鳴きました　三度鳴きました

あなたのことを知らないと言ったペテロは顔中に涙を流し
エルサレムは顔中に涙を流したのでした
いえ　その日のエルサレムは漆黒の石
背きの鞭が高々と振り上げられたのでした

主よ　鶏が鳴く前
夜は声を上げて泣き　意識不明となりました

あなたの高殿に帰る

私の子羊を連れています　手足は
揺らぐ風のようです　主よ　快く受け止めて下さい
地に敷く赤いじゅうたんを　肌着を　そして若いロバの子を
エルサレム入りの光栄を

目をやれば飼い葉桶に横たわっているあなたが見えます
額は天使の光の環を戴いています
幸せな飼い葉があなたを際立たせています
主よ　世を驚嘆させるその輝きは　マリアの唇を
通って　造物主の聖なる長衣の傍らに帰ります
私は満身の傷の生む痛みを帯びて　あなたの高殿に帰ります
十字架はまだゴルゴタの丘にあります

私は涙を流し　あなたの歌を歌っています
あなたのくるぶし、血の流れる手首を見ています
主よ　あなたの前に跪いて
真情、善意そして偽りを吐露してきた私のこの唇で
あなたの足下の土にキスさせて下さい

私を十字架に帰して
氷の冷たさの釘に取って代わらせて下さい
死海に帰して
見えなくならなければならない目をその塩で拭かせて下さい
主よ　あなたの天上に帰って下さい
私はガラリア湖の岸辺にいるときに
はっきりとあなたの姿を見ました　あなたは岸辺を歩いていました
そこを離れる時　私は魂を失くしてしまいました

あなたのいない空虚な墓に帰っても　いいえ　それは他の人の墓です
この忌々しい俗世にあなたの生と死の安らう地は結局ないのです
あなたは一片の雲のように天地の間を行き

従順と背きの間を頻繁に往来するのです
あなたが四十九日間の断食をするときには
私はそっとあなたに近寄り　あなたを見届けて
痩せ衰えて立ち上がり　今の私と同じように
よろよろと前のめりに
造物主の懐に倒れ込むのです

羊の門

あらゆる雲が同じ通い路に押し寄せるとき
吼え唸る獅子は　残虐をほしいままにする
羊の群れは　絶壁のふちへ移動する
門が　開かれる

軽はずみな信仰は　駱駝にまたがり
モーゼの杖は　石を打ち　羊の群れを打つ

終にあなたが顔中を涙にするとき
すべての門が　すでに閉ざされていて　あなたは
背く快楽を　ゲッセマネの庭のオリーブの木の下から
拾い上げることができない
あなたの門は　羊の門

羊の門は　あなたの道
以前の荒野では　どの杯も満ちあふれていたのに
とっくに何もなくなっていることを
誰も知らない

二〇一七年十月十三日　午後　淮安

V

独りぼっち

ニースを通り過ぎるころはもう冷え冷えとした季節
海辺にいたのはわずかに数人
手に掬《すく》った水泡はとても冷たかった

ルツェルンは秋たけて
紅葉はしきりに散り
青い湖は水深く秘密を潜ませていた
山石に嵌め込まれた沈黙のライオンは
身体の真ん中を射抜く忠誠心が
独りぼっちを悲しんでいた

ピサの斜塔は
未だに私を背中が曲がるほどに圧している

ヴェニスで
ずぶ濡れになった靴は何年も経つのにまだ塩が滲み出てくる
でも本当は我が祖国が一番好きだ
運命の目まぐるしく変わる一生だった母を愛するように好きだ
二〇一二年の最初の月のある朝
私は独りぼっちで座し夜を明かした
波立つ心の中が分かる人はいなかった

二〇一二年一月二十八日

デンマークの入口に立つ

海によって過去を分け隔て
海賊は長柄の矛を高々と差し上げて
貝殻が大海を漂い渡ってくるのを出迎える

プラハ　オーストリア・ハンガリー帝国　ゲルマン
砦　戦争　血と恥知らずの分割
残らず大陸の後方に留めておきましょう
デンマークの入口に立って　陽の光の縁に
姫が現れるのを期待しましょう

揺れる森

私はデンマーク砦と小石を身に帯びて
大河を掘り開き　ノルウェーに嫁いだ

湧き踊る麦畑は　青々として
私の目の奥を通り過ぎていった
バルト海は　長々と続く森を耕し
私のみぞおちの土地を
琥珀の郷愁に変えた

ノルウェーは　歌のうちに腰をおろし
両手に本を開いて　私のぼんやりした夢の中を
浮遊し続けることができた
乗船したその時から　海賊は

わたしの身内となり　あらゆる宝物は
ことごとく人を落涙させなければならなかった

生と生——ムンクに

火山は鋭く叫び　雲は燃えていた
オスロフィヨルドは紫色の深淵となっていた
ムンクよ　あなたは橋上に立った　一方の側には生
一方の側には　　　　　　　　　　　　　　　死
父母と姉は暗い陰のなかにいて　残されていたのは
全て　　　　　　　　　　　　　　　　　　絶望

でもムンクよ　聖母マリアも愛を抱いた
踊る者は心を携えて　この人の世に戻った
陽の光の下の少女はあなたの目を傷つけ
青い星は夜空いっぱいに綴られていた

生と生が

森と海に沿って
切り離せないふたつの肉体になって
色褪せた　ムンクよ
氷河と北極が
あなたの胸のなかで押し合い　そうして　溶けた

二〇一六年九月二十八日　明け方四時
スウェーデン　エーレブルー

プラハ

敷居に予言[*1]の水が流れ出て
姫の帽子に　ブシェミスル[*2]という草が生えてきた
愛という名によって　真夜中に一杯の酒を飲まされて
星が酔ったことなど　誰が気にしよう

プラハ城には童話が住みつき　巫女が　絶壁で
魔法の翼を広げ　すべての鐘の音が
立て続けに鳴りわたり　城の真ん中では　十二使徒が
今も変わらずに虚無を捧げ持って　時間通りに登場し
悲しみの贖罪を
窓の外へ放り出す

雨は　カレル大橋に降り

堂々たる監獄は　鳩を放つ
黄金小路は　善良と邪悪を分け隔て
礼拝堂の真ん中では　千年このかた
ずっとこの故に　言い争いが止まない

ヴァルタヴァ川[*3]は　おまえの輝きを一つ一つ数えている
画面停止になった彫像は
だんだんと歴史の心根を内蔵する　夜の帳のなかで
熟睡中の剣が　引き抜かれて水の流れを断ち
時が　岸に留められる

Kがどのように装っていたとしても　彼は土地測量技師
いつだって二階の小部屋に種を見つけ出すことができ
テーブル下の甲虫を見つけ出し
まぶしい陽光の下で耐え切れない生命の軽さを見つけ出し
カフカと私を見つけ出す　そこには千古の愛
プラハは　その一刻に燃焼が始まり
赤い燃え残りが屋根に落ち

どの家も
深い情愛のうちに歌っている

＊1　予言＝伝説の女王リブシェには予言の能力があった。
＊2　ブシェミスル＝女王リブシェの夫となり、王となる。
＊3　ヴァルタヴァ川＝モルダウ（ドイツ語）川とも言う。

二〇一七年九月二十九日　深夜　北京

隠された海

尖塔が上を向く部分は　神と関わりがある
鐘の音は内面に生きている
プラハは耳に紛れ込んでくる音楽が好きだ
ヴァルタヴァ川は
下半身が下を向いても　欲望の堆積泥に
珊瑚は見当たらない

聳え立つ砦は霊園ではない
やり方を換えて記念し　城砦を遠く眺めている
おまえは海の存在から逃げ切れない
カール帝から始まって　彫像を見ればどれも魚
魚の通り道　そこには水の橋

浮世の美味は　冷たい香気に水晶のように飛び散り
反射されるキラメキは　それ以外の透明な世界を照らす
ドン・ファンとレノンの出会いは
妻妾群れを成す人とガラス工場は
海の内側で分裂してシンフォニーの琵琶の音になって
カフカにもどり　そして長く連なってきらめく名前にもどる

海はいまちょうど色褪せてゆき　一触即発の危機が
透き通ってきらきらした現実に付き従い　チリホコリは降り固まり
砦　大橋　街道　街路灯
それぞれがその仲間に属し　あたり一面に
赤い屋根

（プラハ再訪）
二〇一七年十一月二十五日　午後
ブダペスト

プラハからブダペストへ

風がその一瞬に頭のてっぺんから注ぎ込まれ
幾何学的なトランプのダイヤが出入りした
彩りは市場の手工芸からガラスへよじ登り
二人で一つの座席を抱えた　そこで
飛行機は着陸している

プラハからブダペストへ
漏れ落ちた歴史は二本の川の間の山々より多く
戦争と馬車も麦より多かった
ヴァルタヴァ川とドナウ川は
神のいるところから食べ物を分けて流していた　途中のウィーンは
ごった返していて而も優雅　私たちは外部に見える形式に

満足し　激しく移り変わった帝国を
高みの見物　東欧のならず者に紛れ込み
南アメリカのお洒落はトルヒーリョ[*1]の広場に預けると
街の曲がり角で　インカの末裔が
東方の顔立ちをさっと見やって　視線を伏せた
プラハからブダペストへ　中国のシルクは
綿羊の背中に織り込まれ　私たちが買い求めてきた一切れは

そこを流れる川の外枠となり
その片意地な強情は　顔を曇らせて
帝国の　嫁入りに頭に被る紅い布をめくり上げ　濃い霧が
たらいをひっくり返したように降ってきて　我が祖国は　まさしく
児童虐待と追い立てによって苦しめられたが　大風の後に
天気はすでに晴れていた

橋はリンクさせるものとなり　しかも唯一の主題となった
もしあらゆる橋を取り壊したなら　馬雲[*2]はきっと気が変になってしまっただろう
テンセン[*3]はよりいっそう妨げが生じただろう　だから心と心が

仮想されると同時に　道徳が
薬味となった　たとえば
東方のトウガラシ　西方のチーズのような

プラハからブダペストへ
チーズをいやという程食べた

二〇一七年十一月二十七日　午後　ブダペスト〜パリの機内

＊1　トルヒーリョ＝ペルーの観光地。
＊2　馬雲＝一九六四年浙江省杭州市生まれ。一九九九年アリババグループを立ち上げる。
＊3　テンセン＝「騰訊」のこと。一九九八年に馬化騰が広東省深圳市で創業した総合インターネット企業。

夜店・漁師の砦

そこに魚はなく　空中を飛び回る電灯笠は箒にまたがり
花々は風のなかのクリスマスを温め
軒下には細い脚のカマキリが座り　定期市には
芸術家が手作りの時間を搬入している
ドナウ川は音楽を生み　ヴァルタヴァ川は船曳人夫を生んだが
漁師は中世に生業を失い　空しく砦を造った
人の心を揺さぶる細密な油絵が　次第に
骨董になっていった

網は風に舞う土ボコリのなかに落ちて　神が電話をしてきても
受話器を取る者はなく　マーチャース聖堂はオーストリア・ハンガリー帝国の心臓へ勇敢に進んだ
砂浜は跪いて懺悔する魚でいっぱいになり
舞台に上がれていないエビ　スッポン　水中錯乱の愛は

手軽で温もりのあるボタンになって姿を現している　木の葉は
剣を手にしているから　購入できない
尊厳　殺戮　駆け巡る白馬と関わりがあるから
宮殿以外　書斎には収め切れない

もちろん漁師のかぶる兜も
砦のなかの虚無も

二〇一七年十一月二十八日　明け方　パリ

態度

ドナウ川はここまで流れて　愛によってつなぎ止められた
曲りくねって上がった場所のブダ　転変の激しい貴族が
弾痕の行き交う胸元を開けて　ペストに訴えた

もう秘密ではありえない　大橋は壮観な姿で
月並みに陥り　王宮は石、木、彫像を
誠実に交換し　高慢な言い訳と陳腐な温もりを交換する
議事堂は新規まき直し　遥かに漁師の砦を望めば
華麗な法螺貝に残るは
ただ鐘の音のみ

葡萄の向こうの陽の光は赤ワインに詰め込まれ
欲張りと貪りはすでにそれぞれ地の果ての別のところへ赴き

ブダとペストはずっと駆け落ちを画策している
荒涼としてぼろぼろだけれども　帝国の中心に戻りさえすれば
分割されたシンフォニーは
どんな盛大な宴席にも勝る

二〇一七年十一月二十六日　早朝
ブダペスト

朝食

田野は　豊作の様を見せている
ミニトマトは切り取られて　丘を這っている
真新しい木の葉は　露たっぷりの唇から
乳牛の肩へ這い上がり　穀物は
馬の飼葉桶を経て　畝ごとの溝に並べられ
オリーブ　コーヒー　牛の角が
林中をしきりに往来して　早朝からまっすぐ正午に至る

時間は　国と国の間をそぞろに歩き
鳥の八卦占いはジュースのよう
セロリ　マンゴー　橙　ニンジンが
混ざり合って血統のない現実となってゆく
その甘味は　余計な塩分同様に耐え難く

茶を一杯飲めば　文が澄みわたってくる
場所と光線が切り替われば
麦は　土から切り離され　一日の食べ物は
錦織の袋に入れられる　その芳しい香りは
花のように胸元に留めおかれ
キウイフルーツの表面から　まっすぐに
ヤマモモの唇へ這ってゆく

二〇一七年十一月二十七日　午後　ブダペスト〜パリの機内

地中海の夕陽

胸中に集う火が　遠い山の向こう側で
燃え始める　まるで魂を揺さぶる激しい阿房宮の炎が
長安を巻き上げ
それが蜃気楼のように出現したかのよう
地中海が　ニースの岸辺を
たたいている　それは紺碧

陽の光は依然としてモンペリエを温め
昨夜のリヨンは
ぼんやりと夢のなかに　教会、石、
古城、すらりとした彫刻のようなウェイターは
みんな火の中　朝には得られないシルエット
船　帆柱　静けさと目覚めたばかりの咳払いの音が

集まって海中の大きな流れになり　このひととき
ピカソのように燃え上がり　芭蕉が
新しく加わり　引き延ばされてそびえてくる
太陽が海へ落ちてゆくなどと
私たちに信じられる訳がない

訳者あとがき

かねてから、訳詩の対象は一九六〇年以降に生まれた詩人、という大枠を設けているので、対象となる詩人は常に私より若い。訳詩作業の過程において、夭折した詩人を除けば、(百年前の詩人とは違い) 問い合わせをしたり、対面したりすることは不可能ではない。だが、対象詩人の全てに会える訳ではないし、簡単にやり取りができるほどの会話力がある訳でもない。作業に難渋してばかりいるから、そのようなことに思いが至るのだと反省すること頻りだ。テキストと資料だけを拠り所にするのが筋だろうという拘りは残る。

だが今回、詩人梅爾に会えたのはよかった。その前日には双河鍾乳洞をガイドさんに案内してもらい、聳え立つ山々に雲霧のかかった翌日には、「蜀犬日に吠ゆ」を実感した (貴州省の北隣は四川省だ)。飛行場に向かう帰途には清渓湖を目の当たりにした。

いま私の机上に、貴州省遵義市綏陽県の「十二後方」観光エリアの案内図がある。高尚梅 (梅爾) が観光開発をしたところだ。観光、レジャー、秘境探訪が謳われているが、詩人梅爾にとっては、〈詩歌という地理の、座標軸〉となり得たところであり、〈詩歌の王〉の待っていた場所でもある。だから、本詩選の軸を成すのはI章の「双河鍾乳洞」や「十二後方」の詩篇だということになる。詩歌が彼女の〈精神の故里〉なのだとすれば、「十二後方」は、実業家高尚梅が探し当てた新しい観光地であると同時に、その詩歌が見出した、彼女の第二の故里なのかも知れない。

梅爾は一九八〇年代後半に詩作を開始しているが、九〇年代、作品数は急に減少する。それは詩歌――精神の故里が打ち捨てられたということではなく、彼女の第二の故里となる「十二後方」を探し求めて、もがいていたということだろう。その間、わずかな時間を見つけて帰郷はなされ、一方ではそれを抱きしめ、一方ではそれに抱きしめられていた。

二十一世紀になって詩作は再開され、二〇一三年十二月には『スポンジの重さ』が出版され、それには一九八九年から二〇一三年の詩作品が収められているが、大半は二十一世紀に入ってからのものである。本詩選は、IIの「伯父」等の九〇年代のもの、「ボードレール」(二〇〇八年)、「再度創業」(二〇〇九年)等を除いて、二〇一〇年代のものである。

梅爾の詩については、未知の領域がふたつある。そのひとつは、実業家でありつつ、行政とも関わりがある詩人という立ち位置である。王朝時代の、官僚・行政官もしくは政治家でありつつ詩文を書くというのとは、かなり異なると思う。もちろん詩は、自分自身に帰るところだとは思うが、私には思い及ばない世界の上に成立しているのかも知れない。もうひとつは、聖書に関わる詩篇であり、私はこれらには不案内である。いずれも今後も気になる領域である。

著者略歴

梅爾　メイ・アル

本名高尚梅。江蘇省淮安県生まれ。北京在住。台湾の詩誌「秋水」社長。一九八六年詩作発表開始。作品は「詩刊」等の各種刊行物に広く見られ、また多数のアンソロジーに入集し、台湾において梅爾詩歌研究討論会が開催されたことがあり、大変好評を博した。梅爾詩は独自のイメージを有し、激情と張力に満ち、人はしばしば彼女が女性であることを見落としてしまう。その勤勉と探求も詩歌の領域で自身の想像を超えた収穫をもたらしている。詩集に『スポンジの重さ』、『私とあなた』、『十二の後ろに』等があり、『スポンジの重さ』はひとたび出版されるや多方面から注目を集め、好評を博した。二〇一二年、「現代青年」読者に最も好まれる青年詩人十傑に評定される。二〇一四年、『詩人ダイジェスト』によって、年度十大女性詩人として評定され、また世界芸術文化学院より文学博士の学位を授与される。二〇一五年、台湾世界詩人大会で詩歌創作賞受賞。二〇一六年、台湾第五十七回中国文芸奨励賞受賞。

訳者略歴

竹内 新　たけうち・しん

一九四七年、愛知県生まれ。名古屋大学文学部で中国文学を専攻する。一九八〇年から八二年にかけて、中国の吉林大学で日本語講師をつとめる。著作に詩集『歳月』、『樹木接近』、『果実集』（第55回中日詩賞）、訳詩集『中国新世代詩人アンソロジー』（正・続）、『麦城詩選』、『田禾詩選』、『西川詩選』、閻志『少年の詩』、駱英『都市流浪集』『第九夜』『文革記憶』がある。

梅《メイ》爾《アル》詩《し》選《せん》　中国現代詩人シリーズ3

著者
梅《メイ》　爾《アル》
訳者
竹内《たけうち》　新《しん》
発行者
小田久郎
発行所
株式会社思潮社
〒一六二―〇八四二　東京都新宿区市谷砂土原町三―十五
電話〇三（三二六七）八一五三（営業）・八一四一（編集）
FAX〇三（三二六七）八一四二
印刷・製本
三報社印刷株式会社
発行日
二〇二〇年五月二十五日